古典文獻研究輯刊

十五編

曾永義 主編

第 17 冊

《六度集經》故事研究

林彥如 著

國家圖書館出版品預行編目資料

《六度集經》故事研究／林彥如 著 — 初版 — 新北市：花木蘭
文化出版社，2017〔民 106〕

目 2+166 面；19×26 公分

（古典文學研究輯刊 十五編：第 17 冊）

ISBN 978-986-404-909-7（精裝）

1. 本緣部 2. 佛教文學 3. 文學評論

820.8   106000833

ISBN-978-986-404-909-7

古典文學研究輯刊
十五編　第十七冊　　　　　　　　　ISBN：978-986-404-909-7

《六度集經》故事研究

作　　　者　林彥如

主　　　編　曾永義

總 編 輯　杜潔祥

副總編輯　楊嘉樂

編　　　輯　許郁翎、王筑　美術編輯　陳逸婷

出　　　版　花木蘭文化出版社

社　　　長　高小娟

聯絡地址　235 新北市中和區中安街七二號十三樓

　　　　　　電話：02-2923-1455／傳眞：02-2923-1452

網　　　址　http://www.huamulan.tw 信箱 hml 810518@gmail.com

印　　　刷　普羅文化出版廣告事業

初　　　版　2017 年 3 月

全書字數　112324 字

定　　　價　十五編 18 冊（精裝）新台幣 32,000 元

《六度集經》故事研究

林彥如 著

作者簡介

林彥如，臺灣台北人，中國文化大學中國文學系博士。現任教於中國文化大學、臺北商業大學。學術上，主要研究民間文學，取材含涉古今中外民間敘事文學、並佛經故事。

提　　要

　　《六度集經》是一部故事性濃厚的佛教經典，本論文乃從民間文學的角度，探討《六度集經》中的故事。研究過程主要從三大方向著手：

　　首先，確立《六度集經》實收的篇章，及其屬於故事的內容。歷來佛經目錄與藏經收錄的《六度集經》篇章卷次或有不同，卷次有九卷、八卷、七卷等三種說法，總收篇章則有九十章、九十一章的差別。其中九卷本說僅見存於早期的佛經目錄，確實內容不詳。以實存的七卷本、八卷本各版本內容相比較，歸結本經實收篇章卷次應為八卷八十九章。至於屬於故事的篇章則有八十七章。

　　其次，以「情節單元」之觀念與要件，提取《六度集經》所收故事的情節單元，藉以探討本經故事取材的特色。包括有：對佛教相關題材之偏重，「六度」取材的比較，故事中人物及動物取材的特色等。此外並將《六度集經》故事的情節單元編列成索引，隨文附錄在後。

　　最後，運用「故事類型」的歸類原則與方法，提出《六度集經》故事已成類型的篇章，並搜羅相同類型的故事，加以比較討論。則本經故事已成類型者有：

（一）第 21 則〈理家本生〉，屬於型號 989「善用小錢成鉅富」。

（二）第 22 則〈國王本生〉，屬於型號 707「狸貓換太子」。

（三）第 24 則〈理家本生〉，屬於型號 160「動物感恩人負義」。

（四）第 35 則〈兄（獼猴）本生〉，屬於型號 91「肝在家裡沒有帶」。

（五）第 44 則〈童子本生〉，屬於型號 930「送信人福大命大」。

（六）第 48 則〈摩天羅王經〉，同第 24 則〈理家本生〉，屬於型號 160「動物感恩人負義」。

（七）第 49 則〈槃達龍王經〉，屬於型號 1310「處死烏龜投於水」。

（八）第 50 則〈雀王經〉，屬於型號 76「狼和鶴」。

（九）第 87 則〈鏡面王經〉，屬於型號 1317「瞎子摸象」。

目次

第一章　緒　論

第一節　前賢研究成果

　　《六度集經》是三國時代，康居國沙門康僧會編譯的一本佛教故事集。「六度」是「布施」、「持戒」、「忍辱」、「精進」、「禪定」、「智慧」等六個項目的總稱，是大乘菩薩道修行的六個綱領。《六度集經》匯集了釋迦牟尼佛前世今生的故事，用佛的經歷來作為菩薩六度行的具體事例，以傳達菩薩行的教理思想和實踐方式。

　　佛教典籍中，以釋迦牟尼佛或其弟子過去生之事跡為敘述內容的故事，常以「本生經」統稱。《六度集經》亦屬於「本生經」之類。因此前人對本經的研究，也就常見於「本生經」類的相關論述中，如日人干潟龍祥《本生經類の思想史的研究》〔註1〕、依淳《本生經的起源及其開展》〔註2〕。另外，印順《初期大乘佛教之起源與開展》則是在討論大乘經典的源流時述及《六度集經》〔註3〕。干潟龍祥、印順等對《六度集經》的研究，是在探討本生經或大乘佛教時一并論及的。至近年來則出現了較多的專門論述，如李美煌《六度集研究》〔註4〕、張谷洲《康僧會《六度集經》思想之研究》〔註5〕、

〔註1〕　（日）干潟龍祥：《本生經類の思想史的研究》（東京：山喜房佛書林，1978年6月），頁93～95。

〔註2〕　依淳：《本生經的起源及其開展》（高雄：佛光出版社，民國76年），頁184～198。

〔註3〕　印順：《初期大乘佛教之起源與開展》（台北：正聞出版社，民國75年3月），頁559～562。

〔註4〕　李美煌：《六度集研究》，台北：中華佛學研究所論文，民國81年元月。

李維琦〈《六度集經》詞語例釋〉〔註6〕、曹小云〈《六度集經》中「尋」字的副詞、介詞用法〉〔註7〕、〈《六度集經》語詞札記〉〔註8〕、及夏廣興〈《六度集經》俗語詞例釋〉〔註9〕、黃素娟〈《六度集經》詞彙初探——以動賓結構為主〉〔註10〕。

上述後五篇單篇論文偏重語言文字的探討，闡釋經文的特殊詞語用法，如李維琦指稱，經中「首尾」一詞有用作「自始至終」之本義，有時又解作「接連不斷」之引申義〔註11〕；又夏廣興解釋經中的俗語詞彙意義，如「獨母」表「寡婦」，「大家」指「主人」，又有「消息」之詞，於中古譯經中引申為「照料」之義。〔註12〕

除了語詞釋義以外，也有思想方面的探究。如干潟龍祥所論，在本生經菩薩思想的演進中，《六度集經》出現了授記的思想觀念等；印順則是討論本經著重的慈悲思想；至於張谷洲的研究，廣泛探討經文的菩薩行思想、佛教的政治思想、及經中所涵攝的儒家思想。

在文獻性質、流傳的判定方面，干潟龍祥和印順都認為本經篇章並非全為本生談，而是還包含了佛傳在內。干潟龍祥又說，收在這部書裡的篇章有不少是有名的故事，在巴利或漢譯的本生經中，常可見到類似或相同的敘述；且經中有些同型態經文重複出現，可以證明它們取材於有名的故事，再加以創造改變而成。〔註13〕其所謂同型態經文的重複出現，是指《六度集經》有些故事重複出現兩次的情形，如卷一的〈長壽王本生〉與卷二的〈波耶王

〔註5〕 張谷洲：《康僧會《六度集經》思想之研究》，台北：淡江大學中國文學系碩士論文，民國88年6月。

〔註6〕 李維琦：〈《六度集經》詞語例釋〉，《古漢語研究》，1995年第1期（總第26期，長沙：湖南師範大學古漢語研究雜誌社，1995年3月），頁39～43。

〔註7〕 曹小云：〈《六度集經》中「尋」字的副詞、介詞用法〉，《古漢語研究》，2001年第2期（總第51期，同前註，2001年6月），頁37。

〔註8〕 曹小云：〈《六度集經》語詞札記〉，《語言研究》，2001年第4期（總第45期，武漢：華中科技大學中國語言研究所，2001年11月），頁76～82。

〔註9〕 夏廣興：〈《六度集經》俗語詞例釋〉，《上海師範大學學報》（哲學社會科學版）第31卷第5期（總第112期，上海：上海師範大學學報編輯部，2002年9月），頁106～111。

〔註10〕黃素娟：〈《六度集經》詞彙初探——以動賓結構為主〉，「漢文佛典語言學」國際學術研討會會中論文，民國91年11月。

〔註11〕同註6，頁40。

〔註12〕同註9，頁107～108、110。

〔註13〕同註1，頁93～94。據陳萬春漢譯本，未刊稿。

經〉，都是敘述國王為了避免戰爭害民而讓國，又捨身布施的故事。〔註14〕至於李美煌的《六度集研究》，則依《高麗大藏經》（以下簡稱「《麗藏》」）、《宋版磧砂大藏經》（以下簡稱「《磧砂藏》」）、《大正藏》（以下簡稱「《正藏》」）、北京《中華大藏經》（以下簡稱「《中華藏》」）〔註15〕所收《六度集經》，作了比對校勘，分析本經不同版本的差異情形與流傳概況。

　　關於《六度集經》篇章組織的研究論述，各家所言，較有不同見解。今日通行的《正藏》本《六度集經》為八卷九十一章，干潟龍祥依梁・僧祐《出三藏記集》之記載，認為其最末四章本是單獨流傳的經文，後來才附加於其後。〔註16〕依淳承其說，亦提出原經為八十七經的說法。〔註17〕印順則是除去第七卷〈禪定度〉首章的解說，提出應為九十章之看法。〔註18〕至於李美煌的研究，則從經文慣用的語言、形式、脈絡等線索，推演出《六度集經》原本可能只有七十二篇的看法，認為今日之經文組織，應該是在康僧會死後，經過又一次的整編而成的。〔註19〕以上經文原始篇章的推論，學者依據各有不同，因此所得結果就較有差異。

　　綜合言之，前賢研究《六度集經》，涉及版本流傳、篇章分合、文類分析、語言文字、思想特色等方面的探討。對前賢已有之研究成果，本文論述時將儘量不再重出。

第二節　研究動機與目的

　　《六度集經》的最大特色，在於它的故事性。其中所收經文，大部分講述釋迦牟尼未成佛之前，歷經多次輪迴修行的故事；少數則是釋迦牟尼尚未成佛前為悉達多太子時之事，以及成佛後教化弟子的故事。這些故事，雖然

〔註14〕〈長壽王本生〉，吳・康僧會：《六度集經》，見《大正新修大藏經》（台北：新文豐出版公司，民國 72 年元月，以下簡稱《正藏》），冊 3（本緣部上），頁 5a～6a。〈波耶王經〉，同上，頁 6a～c。

〔註15〕此《中華大藏經》為北京：中華書局出版（1986 年 7 月），所收《六度集經》以《趙城金藏》為底本，並以《麗藏》補足缺損篇章。為避免與台北：修訂中華大藏經會印行（民國 63 年春）之《中華大藏經》混淆，故加註出版地，以示區別。

〔註16〕同註 1，頁 93。據陳萬春漢譯本，未刊稿。

〔註17〕同註 2，頁 184。

〔註18〕同註 3，頁 560。

〔註19〕同註 4，頁 127～136。

被收編在佛教典籍中，但是如果略去經文首尾用語和內文中釋迦牟尼自述前因後果及身份說解的文字，則所餘故事內容，即使不曾看過佛經之人，也往往耳熟能詳。如卷四〈戒度〉的〈兄（獼猴）本生〉，敘述佛爲獼猴時，智救自己的故事，其大意是：

> 從前有兩兄弟經商他國，該國公主與兄結怨，誓言要吃了他的肝。
> 後來兄轉生爲獼猴，弟與公主轉生爲鼈。某日雌鼈生病，想吃猴肝，
> 於是雄鼈以妙樂誘騙獼猴，載之入水，欲取猴肝。到半路上，獼猴
> 才知受騙，趕緊跟鼈說：你不早講，我把肝掛在樹上沒帶來。鼈不
> 疑有他，再載獼猴上岸，獼猴因此得以脫險。〔註20〕

故事之後，佛又說明當時的兄及獼猴就是他自己。上述文字略去開頭關於前世因緣的引文，以及結尾佛自述身份的文字，即是一則極有趣味的猴子與鼈的故事。古印度流傳下來的寓言故事集《五卷書》，便有這樣一則故事〔註21〕。又如一般人能朗朗上口的成語「盲人摸象」，稱述者不一定知道它是來自佛經的故事，《六度集經》卷八〈明度〉的〈鏡面王經〉，便是敘述「盲人摸象」之事。故事是起因於一群修道者對經典義理的爭論，他們各自都認爲自己所說才是正確的，別人都是錯的。對此，佛陀說出在前世時這些人都是眼盲之人，曾經爲了一頭象的形狀而爭辯不休。〔註22〕

上述猴子和鼈、盲人摸象之類的故事，在一般民間故事裡通常沒有什麼宗教色彩，佛陀也大多不是故事裡面的角色。這樣的差異，使經典與故事並不同時爲人所知。看過《六度集經》的人如果有機會傳述這些故事，也未必需要將經文內容原原本本和盤托出。他可能只是要表達故事的趣味性，並非著重在宣揚佛教，因此省略其中關於佛教教化的部份。傳述故事的人也可能不是從佛經得知此一故事，傳述內容當然也就不會與佛經有所交集。然而不論這類故事是否從佛經傳出，其在佛經中的敘述方式與在佛典之外的講述方式，可預知的或有所不同。欲詳究其間的差異，就必須從故事，亦即《六度集經》的內容著手。

一般而言，《六度集經》裡所出現的民間故事，應該大多是本生、佛傳、因緣（三者差異，詳第二章第三節）等故事的講述者從民間故事取材而來

〔註20〕〈兄（獼猴）本生〉，同註14，頁19b～c。
〔註21〕季羨林譯：《五卷書》（北京：人民文學出版社，2001年8月），頁312～317。
〔註22〕〈鏡面王經〉，同註14，頁50c～51b。

的。干潟龍祥所稱「有名的故事」，除了指佛教相關典籍中常能見到的故事以外，還有一些可能已經在古印度民間流傳多時。因此《六度集經》的組成成份是什麼？它和民間文學的關係如何？如果想要對這一問題有所知，就非得從民間故事的研究入手不可。

　　從民間文學這門學科的立場來看，佛經裡頭收集了許多民間故事，因此佛經故事本來就是研究民間故事的重要取材來源。《六度集經》裡的故事，不但可以讓學界瞭解佛教徒取資於民間故事的態度與方式，而且有可能爲研究個別故事的演變史提供重要線索。

　　正如本章第一節所言，前賢對《六度集經》的研究，在版本、語詞、思想等方面都已取得成果，但至今尚未有從民間故事立場做探究的專著。干潟龍祥雖曾提到經文的來源是從有名的故事改編而成（詳見本章第一節），但這也只是常識性的判斷，而不是舉證充份、推論完善的學術性推論。因此本論文嘗試立足於民間文學的角度，研究本經的故事，希望對經文故事的敘述方式及其流傳變化能有較深入的了解。

　　此外《六度集經》也有些較少爲人所知的故事，如卷一〈布施度〉的〈國王本生〉，其內容是：

> 從前菩薩是個國王，公正地管理他的子民，從不偏心。一次出遊，看到富貴人家的衣著住所都非常漂亮，心裡高興道：我的國家眞是富裕啊！回宮後又想：這些商人們對國家有什麼好處？於是要他們貢獻財物，作國家軍備之用。卻有一人，只貢獻一點點的錢財，讓國王很生氣。商人說：「自營生以來，只得有私財；至於寶物，都分作五份，不是我擁有的。」又講：「心存佛業、口言佛教、身行佛事，又興廟、禮賢、行布施等是所得的私財。分爲五份是：水、火、賊、官、命盡。人死後獨自離去，福禍不知，只留下軀體和財物。見世事如幻，實不敢佔有這些財寶。」國王聽得此言，靜心深思而醒悟。故採納雅言，大赦其國，廣行布施等。於是國境康寧，王後壽終亦得升天。〔註23〕

就故事角度看，這樣的敘事未見流傳，或者因爲少有人傳述，而尚未被發掘。可以肯定的是，它的故事性比較弱，不易被傳誦，或者只能傳播於有限的特定地區。故事性不強的說法爲什麼也被取用到佛經中？以及如何被取用到佛

〔註23〕〈國王本生〉，同前註，頁 3b～c。

經中？這也是值得探究的問題。

　　因此本論文取《六度集經》故事爲研究論題，主要就在於目前學術界研究本經時，忽略了「故事」這個角度。本論文希望透過民間文學的考察，探知本經故事的敘述特性、故事淵源與故事得以流傳之因素，進而從其中了解故事流傳變化的脈絡，與其所顯示的文化價值。

第三節　研究方法與範圍

　　本文研究《六度集經》，主要運用民間文學「情節單元」與「故事類型」的觀念，對本經內容進行探討，並且選取其中流傳較廣的故事，作類型分析。

　　「情節單元」是金榮華先生就西文「motif」一詞所提出的對應詞，金先生說：

> 這裡所謂的「情節」，是指在生活中罕見的人、物或事。所謂「單元」，就是扼要而完整地敘述了這不常見的人、物或事。……在民間文學裡，每一則可以稱作故事的敘事，至少有一個情節單元，也可以有一個以上的情節單元。〔註24〕

從「每一則可以稱作故事的敘事，至少有一個情節單元」，可知情節單元是構成故事的最基本單位，具有獨立完整的意義，無法再加以分析。而這個不能再加以分析的基本單位，指的是出現在故事裡的「罕見的人、物或事」。在一則故事中，這種由罕見的人、物、事構成的情節單元「至少有一個」，但「也可以有一個以上」，因此研究故事的時候，就有可能將所要研究的故事加以分解。無論是單一情節單元故事，還是多情節單元故事，只要透過這樣的分析，就可能有助於了解個別故事的組織與性質，並且對組成它們的基本要素作分類和比較，由此便多了些不同於整段落統合解讀的分析角度。在國際上，美國湯普遜（Stith Thompson）著有《民間文學情節單元索引》（*Motif-Index of Folk-Literature*）一書，搜羅多國古今各樣的民間文學材料，取其情節單元分類而成〔註25〕，成爲各國研究民間故事之學者致力於情節單元分類時的主

〔註24〕金榮華：〈「情節單元」釋義──兼論俄國李福清教授之「母題」說〉，《華岡文科學報》，第二十四期（台北：中國文化大學文學院，民國90年3月），頁174。

〔註25〕Stith Thompson, *Motif-Index of Folk-Literature*（Bloomington, Indiana University press, 1975), 6 Volumes.

要依據。〔註26〕

　　至於故事類型，則是故事歸類的一種方式；一般而言，如果一個故事擁有多種講法，把這些講法匯合起來，就能成立一個故事類型。金先生對故事類型之解釋為：

　　　　就整個故事的內容和結構作分析，把基本內容和主要結構相同而細
　　　　節卻或有異的故事歸集在一起，取同捨異，就成為一個故事類型。
　　〔註27〕

依此而言，所謂「基本內容和主要結構相同」，是指主體內容和核心結構相同的敘述事件；所謂「細節卻或有異」，則是指在不影響主體內容和核心結構的原則下出現的故事內容上的差異。因此只要主體內容和核心結構一致，即使有多種不同的說法，仍然屬於同一個故事類型。但並不是每一則故事都成類型，能成型的故事通常是有趣的、精采的，因其精采與趣味性，能夠吸引多數人傳誦，輾轉流傳之後，才會產生多種異說，也因此才得以歸集成型。而有了眾多的成型故事，繼之就有加以分類的必要。因此金先生言：「對成型的故事進行分類，並且架構起一個個比較完整的故事群，就是所謂的類型分類。」〔註28〕本文所採用之分類，為芬蘭阿爾奈（Antti Aarne）創建，湯普遜增訂修改而成的「AT分類法」。所謂「AT」，是分取 Aarne 和 Thompson 二名的第一個英文字母而成的。此一分類方式將成型故事收編在「動物故事」、「一般民間故事」、「笑話」、「程式故事」、「難以分類的故事」五項類別之中。〔註29〕由於流傳廣泛的故事才能成型，因此藉由故事類型與類型分類的應用，可以看出個別故事是否為常見的故事敘述。又由於同型故事已被歸納於一，因此學者可以加以比較，從而探索故事的差異及演變。

　　扣緊「故事研究」的論題，據本章此前所論，可以推導出本論文研究的三大方向：

　　首先，由於《六度集經》所收故事較多，因此在研究《六度集經》故事之前，將先為每則故事依序作編號，但是要做這種編號工作，首先必需確定

〔註26〕金榮華：《中國民間故事與故事分類》（台北：中國口傳文學學會，民國92年3月），頁5。
〔註27〕同前註，頁9。
〔註28〕同前註。
〔註29〕Stith Thompson, *The Types of the Folktale*, Helsinki, Academia Scientiarum Fennica, 1981.

本經所收故事的總篇數。前賢推論的本經篇章總數，與《正藏》編次不同者已有三種異說（詳參本章第一節），其中李美煌提出的七十二章之說，由於最初的《六度集經》原本今已不傳，確切章數無從得知，因此暫不依李氏所論，而改採今日所得見之早期佛經目錄記載，與各本大藏經收錄之《六度集經》相對照，以明其篇章編排之差異，並設法提出正解。

　　本文在推斷《六度集經》章數與章次正解時所據資料，於佛典目錄方面有：梁・僧祐《出三藏記集》〔註30〕、隋・費長房《歷代三寶紀》〔註31〕、唐・道宣《大唐內典錄》〔註32〕、智昇《開元釋教錄》〔註33〕、圓照《貞元新定釋教目錄》〔註34〕、玄逸《大唐開元釋教廣品歷章》〔註35〕等。在藏經版本方面有：《房山石經》〔註36〕（簡稱「《石經》」）、《麗藏》〔註37〕、宋《磧砂藏》〔註38〕、明《永樂北藏》〔註39〕（簡稱「《北藏》」）、《嘉興楞嚴寺方冊藏經》〔註40〕（簡稱「《嘉興藏》」）、清《乾隆大藏經》〔註41〕（簡稱「《龍藏》」）、日本《正藏》〔註42〕、及北京《中華藏》〔註43〕等。

　　其次，本文將依照情節單元的觀念與要件，提取《六度集經》所收故事

〔註30〕梁・僧祐：《出三藏記集》，見《正藏》（同註14），冊55（目錄部）。

〔註31〕隋・費長房：《歷代三寶紀》，同前註，冊49（史傳部一）。

〔註32〕唐・道宣：《大唐內典錄》，同前註，冊55。

〔註33〕唐・智昇：《開元釋教錄》，同前註。

〔註34〕唐・圓照：《貞元新定釋教目錄》，同前註。

〔註35〕唐・玄逸：《大唐開元釋教廣品歷章》，見《中華大藏經》（台北：修訂中華大藏經會印行，民國63年春）第一輯，第一百九十九冊。《六度集經》之敘錄見頁85057～85058。

〔註36〕中國佛教協會編：《房山石經》（北京：中國佛教圖書文物館，1992年4月），遼金刻經，冊4，頁386～414。

〔註37〕高麗大藏經完刊推進委員會（原刊）：《景印高麗大藏經》（台北：新文豐出版公司，民國71年元月），冊11，頁285～356。

〔註38〕延聖院大藏經局編輯：《宋版磧砂大藏經》（台北：新文豐出版公司，民國76年4月），冊11，頁53～99。

〔註39〕趙樸初名譽主編：《永樂北藏》（北京：線裝書局，2000年3月），冊37，頁511～722。

〔註40〕《嘉興楞嚴寺方冊藏經》，清康熙十二年，嘉興楞嚴寺刊，台北：國家圖書館藏本。

〔註41〕《新編縮本乾隆大藏經》（台北：新文豐出版公司，民國80年12月），冊32，頁367～506。

〔註42〕大藏經刊行會編輯：《正藏》（同註14），冊3，頁1～52。

〔註43〕《中華大藏經》編輯局編：《中華大藏經》（同註15），漢文部分，冊18，頁814～946。

的情節單元，並且將它們打散，重新分類，藉以討論本經情節單元所能發掘的相關問題。所參照之書目資料有：湯普遜《民間文學情節單元索引》〔註44〕、金榮華先生《六朝志怪小說情節單元分類索引（甲編）》〔註45〕、金榮華先生《六朝志怪小說情節單元分類索引（乙編）》〔註46〕、劉淑爾《元雜劇情節單元與故事類型研究》〔註47〕、陳勁榛先生編《臺灣蕃人的口述傳說‧情節單元索引》〔註48〕。

　　最後，則是運用故事類型的歸類原則與方法，將《六度集經》裡的成型故事一一加以歸類編號，並且針對每一個類型故事，多方搜羅相關異說，希望能推演故事流傳變化的情況和此等變化所反映的文化意含。主要取用的資料，在類型歸類上有：湯普遜《民間故事類型》（*The Types of the Folktale*）〔註49〕、丁乃通《中國民間故事類型索引》〔註50〕、金榮華先生《民間故事類型索引（增訂本）》〔註51〕、德國‧烏特（Hans-Jörg Uther）《國際民間故事類型索引》（*The Types of International Folktales*）〔註52〕、蔡麗雲《中國民間動物故事類型研究》〔註53〕；在故事搜索上有《中國民間故事全集》〔註54〕、

〔註44〕同註25。

〔註45〕金榮華：《六朝志怪小說情節單元分類索引（甲編）》，台北：中國口傳文學學會，民國96年9月。

〔註46〕金榮華：《六朝志怪小說情節單元分類索引（乙編）》，台北：中國口傳文學學會，民國97年3月。

〔註47〕劉淑爾：《元雜劇情節單元與故事類型研究》，台北：中國文化大學中文研究所博士論文，民國85年6月。

〔註48〕（日）鈴木作太郎著，陳萬春譯：《臺灣蕃人的口述傳說》，收入陳勁榛編：《民學集刊》第一冊，台北：中國口傳文學學會，民國92年9月。

〔註49〕同註29。

〔註50〕丁乃通著、鄭建成等譯：《中國民間故事類型索引》，北京：中國民間文藝出版社，1986年7月。（2008年4月，華中師範大學重新編輯出版，譯者鄭建成作鄭建威。）

〔註51〕金榮華：《民間故事類型索引（增訂本）》，台北：中國口傳文學學會，民國103年4月。本文初寫之時，乃依據金榮華二書：《中國民間故事集成類型索引（一）》（四川卷、浙江卷、陝西卷），台北：中國口傳文學學會，民國89年元月。《中國民間故事集成類型索引（二）》（北京卷、吉林卷、遼寧卷、福建卷），同上，民國91年3月。本文2016年再修改，此二書已收編於《民間故事類型索引（增訂本）》中。

〔註52〕Hans-Jörg Uther, *The Types of International Folktales*（FFC284-286）, Helsinki, Academia Scientiarum Fennica, 2004.

〔註53〕蔡麗雲：《中國民間動物故事類型研究》，台北：中國文化大學中文研究所碩士論文，民國86年6月。

《中華民族故事大系》〔註55〕、《中國民間故事集成》〔註56〕等大套民間故事叢書，及其他散見之民間故事集。

〔註54〕陳慶浩、王秋桂主編：《中國民間故事全集》，台北：遠流出版社，民國78年6月。

〔註55〕中華民族故事大系編委會編：《中華民族故事大系》，上海：上海文藝出版社，1995年12月。

〔註56〕中國民間文學集成編輯委員會：《中國民間故事集成》各省卷本，北京：中國文聯出版公司暨中國 ISBN 中心等單位，1992年起陸續出版。

第二章 《六度集經》之譯者、組織與傳統分類

第一節 康僧會之生平與著作

　　《六度集經》是康僧會的編譯之作，關於康僧會的生平事蹟，見諸於梁·僧祐《出三藏記集》〔註1〕、釋慧皎《高僧傳》〔註2〕、隋·費長房《歷代三寶紀》〔註3〕等傳記與經錄中，所述及者包含康僧會的生平、傳奇的經歷與畢生著述之作。

一、生平與師承

　　康僧會，活躍於三國時代孫吳境地的外國僧人，生年未詳，康居（今中央亞細亞，錫爾河流域一帶）人，世居天竺（今印度），因父經商而遷居交阯（今越南北部，時為中國領地）。十餘歲時，父母雙亡，後乃出家為僧。

　　康僧會學貫儒、釋、道，三藏六經，天文圖緯，并能兼通。其在〈安般守意經序〉中有言：「會見南陽韓林、穎川皮業、會稽陳慧，此三賢者，信道篤密，執德弘正，忞忞進進，志道不倦。余之從請問，規同矩合，義無乖異。陳慧注義，余助斟酌，非師不傳，不敢自由也。」〔註4〕可見僧會曾問學於陳

〔註1〕梁·僧祐：《出三藏記集·卷十三·康僧會傳》，見《正藏》（台北：新文豐出版公司，民國72年元月），冊55（目錄部），頁96a～97a。
〔註2〕梁·釋慧皎：《高僧傳》卷一，同前註，冊50（史傳部二），頁325a～326b。
〔註3〕隋·費長房：《歷代三寶紀》卷五，同前註，冊49（史傳部一），頁59a～60a。
〔註4〕吳·康僧會：〈安般守意經序〉，見梁·僧祐：《出三藏記集》，同註1，頁42c

慧、韓林、皮業，著成《安般經注解》。此三位賢者皆安世高〔註 5〕弟子，則僧會佛學涵養，必有承自安世高者。

當時江東佛教尙未流行，先有漢末避中土之亂南遷的月支僧人支謙，以其才慧受孫權賞識，進而拜爲博士，輔佐太子孫登。支謙鑒於經典多爲梵文，不便流傳，乃多致力於佛典之漢譯。赤烏十年（247），僧會抵達建業〔註 6〕，因裝扮奇異，引人注目，吳主孫權聞而召見。其後因至誠求得舍利（詳下文），孫權爲之建塔立寺，自此江東「始有佛寺，故號建初寺」〔註 7〕。

吳天紀四年（280）四月，孫皓降晉，更代改元爲晉武帝太康元年。是年九月，僧會因病而終。

二、傳奇的經歷

在建業期間，康僧會歷經了兩個頗爲傳奇的事件，一是與孫權約定的祈求舍利事件，另一則是孫皓的浴佛事件。

時孫權召見康僧會，問他佛的靈驗事蹟。對言：「佛滅之後，至今已千餘年。佛留遺骨舍利，展現其神蹟。從前阿育王建有佛塔無數，就是佛陀的遺化所致。」孫權不信，與會約定：若能求得舍利，就爲之造塔建寺。於是康僧會請求七日期限，必取舍利相見。然而七日之後，舍利未得；再請七日，依然如故。孫權怪其欺誑，怒欲加罪。經僧會盡力求請，於是又延期七日。但時日將屆，舍利仍未見。直到最後一天清晨，忽然聽到佛前供請舍利的銅瓶發出清脆聲響，舍利終於出現在瓶中。僧會取舍利進貢吳主，只見瓶中發散出五色光芒。孫權將舍利倒置銅盤，想詳細觀看，豈知銅盤應聲而破。僧會說：舍利不只顯現神奇光芒，而且用烈火焚之、金剛杵擊之，也都不會毀壞。孫權便將舍利放置在鐵砧之上，令大力士取鐵鎚擊之。結果鐵砧、鐵鎚盡皆凹陷，而舍利無損。孫權於是嘆服，即爲建塔，立建初寺，並命其地爲佛陀里。

〜43c。

〔註 5〕安世高，西域安息國太子，東漢桓帝（147〜167）、靈帝（168〜189）時在中原。《安般守意經》即其所譯。參湯用彤：《漢魏兩晉南北朝佛教史》（台北：臺灣商務印書館，民國 87 年 7 月），頁 61〜66。

〔註 6〕另有言康僧會初達建業是在赤烏四年（241）。見唐・道宣：《廣弘明集》收錄之〈吳主孫權論敘佛道三宗〉，《宋版磧砂大藏經》（台北：新文豐出版公司，民國 76 年 4 月），冊 31，頁 282c〜283a。

〔註 7〕同註 2，頁 325c。

　　及至孫皓爲政，曾派遣張昱與康僧會辯難，又在朝會上召見康僧會，問有關善惡報應之事。僧會言君主應當以孝慈治世，仁德育物，則天現祥瑞，五穀豐熟；若爲惡作虐，人鬼皆得而誅之。孫皓雖得聞僧會諫言，卻仍然未改其殘暴本性。一次，後宮整建庭園，挖到一座金像。孫皓卻將金像放置在廁前，以污穢之水灌之，君臣以此嬉笑作樂。未料孫皓隨即感到不適，隱處痛不堪言，群醫束手無策。太史占卜，說侵犯到大神。但是在寺廟進行過祭神祈福儀式之後，孫皓的病痛仍然未見好轉。宮女中有信佛之人，問有無向佛陀求福？孫皓乃悟，說出金像之事。於是宮女迎佛像入殿，以香湯沐浴數十遍，孫皓燒香懺悔，自陳罪過，病痛才逐漸消歇。之後孫皓又請道人說經。僧會至，爲陳罪福之因等。經過十日，孫皓病癒。於是整修僧會所住之寺院，號爲天子寺。

三、譯籍與著作

　　康僧會之著作，可概別爲梵唄、譯經、注疏及序文四類。

　　梵唄傳有《泥洹梵唄》，釋慧皎稱其「清靡哀亮，一代模式」〔註8〕。已亡佚。

　　翻譯之經典，見錄於歷代佛經目錄者，有：《六度集經》、《吳品經》、《菩薩淨行經》、《舊雜譬喻經》、《權方便經》、《坐禪經》、《菩薩二百五十法經》、《阿難念彌經》、《鏡面王經》、《察微王經》、《梵皇王經》。後四經今并見於《六度集經》之末四章；其餘七經，今存《六度集經》及《舊雜譬喻經》，《正藏》收入「本緣部」。而梁曉虹曾比對《舊雜譬喻經》與《六度集經》之慣用語彙，認爲《舊雜譬喻經》並非康僧會所譯〔註9〕。繼之又有遇笑容、曹廣順從語言推究兩經之關係，亦持相同看法〔註10〕。則僧會諸譯，實則僅存《六度集經》。

　　注疏之作有：《安般守意經注解》、《法鏡經解子注》、《道樹經注解》，康僧會並爲之作有序文。然此三經之注疏今皆亡佚，唯存〈安般守意經序〉、〈法

〔註8〕同前註，頁326a。

〔註9〕梁曉虹：〈從語言上判定《舊雜譬喻經》非康僧會所譯〉，《中國語文通訊》第40期（香港：香港中文大學中國文化研究所，1996年12月），頁62～68。

〔註10〕遇笑容、曹廣順：〈也從語言上看《六度集經》與《舊雜譬喻經》的譯者問題〉，《古漢語研究》，1998年第2期（總第39期，長沙：湖南師範大學古漢語研究雜誌社，1998年6月），頁4～7。

鏡經序〉，俱收錄於梁‧僧祐《出三藏記集》卷六之中〔註11〕。

第二節　《六度集經》之篇章組織

一、《六度集經》之命名與卷數

　　《六度集經》是一部佛教故事集，所收故事又分別歸入〈布施度〉、〈戒度〉、〈忍辱度〉、〈精進度〉、〈禪度〉、〈明度〉等六個部份，此六度一般稱為「布施」、「持戒」、「忍辱」、「精進」、「禪定」、「智慧」，是大乘菩薩道修行的六個綱領，所以本經即以「六度」為名。

　　關於《六度集經》的版本，歷來有九卷、八卷和七卷等三種說法。九卷說主要流傳自早期的經錄記載，見梁‧僧祐《出三藏記集》，著錄作：「《六度集經》九卷」〔註12〕，但由於今見實存版本未有作九卷者，因此九卷本內容已不得而知。至於八卷本和七卷本，則尚有實存版本可以查核。八卷本編次，可見於《正藏》，該《藏》以《麗藏》為底本，依六度之別，編列八卷，分別是：卷一至卷三為〈布施度〉，卷四為〈戒度〉，卷五為〈忍辱度〉，卷六為〈精進度〉，卷七為〈禪度〉，卷八為〈明度〉。七卷本編次，可見於北京中華書局版的《中華藏》，該《藏》是以《趙城金藏》為底本，收錄之《六度集經》即為七卷本。〔註13〕與《正藏》八卷本相較，七卷本〈布施度〉僅佔兩卷，而八卷本則佔三卷，故總卷數有一卷之差。又兩者於〈布施度〉所佔卷數雖然不同，但全書收錄的故事總章數與各故事內容並不因此而有增減，僅部份章次安排略有差異而已（詳參本節「《六度集經》章卷編排對照表」）。

二、《六度集經》之編輯體例

　　《正藏》本《六度集經》以《麗藏》為底本，宋《資福藏》、元《普寧藏》、明《嘉興藏》為參校，並為經中故事做了編號。歷來稱引本經者，便多依《正

〔註11〕同註4。另〈法鏡經序〉，見頁46b～c。

〔註12〕同註1，頁7a。

〔註13〕《趙城金藏》本《六度集經》略有殘缺，《中華大藏經》（北京：中華書局，1986年7月）依《麗藏》補足缺損的第三卷〈戒度〉全部、第四卷〈忍辱度〉第一張、及第五卷〈精進度〉第一張一到八行。見《中華大藏經》，漢文部分，冊18，頁869、884、906，《六度集經》卷三、卷四、卷五校勘記。

藏》而論，可見流傳較廣，影響較大，因此本文先據《正藏》爲本經編輯體例做敘錄，以爲下文論述之張本。

　　《六度集經》的篇章編排，據《正藏》本所收，乃將六度編列爲八卷，各卷之內，分別收錄四到十九則不等的短篇故事，每一則獨立成章，《正藏》依序爲之編列序號，得九十一之數。九十一則故事中，有三十則題爲「〈某某經〉」，如第十一章題名作「〈波耶王經〉」；其餘未見經題者，《正藏》編者在書前目次處，據故事中之主要角色，擬題作「某某本生」，並以[　]號括入作別，如第一章經題未見，其內容敘述菩薩布施故事，故《正藏》擬題爲「[菩薩本生]」。

　　其次，以內容言之，卷一開頭處有一段類似序言的文字，總述佛說六度無極之事的緣起，同時點出六度細目，以引起下文。此段文字可以視爲全書之總序。總序之外，〈布施〉、〈戒〉、〈忍辱〉、〈精進〉等四度在分述故事之前，都各有一小段說明，闡述該度的內涵。這些說明可以視爲各度之小序，都以「某某度無極者，厥則云何」之句型作爲開始，比如〈布施度〉就從「布施度無極者，厥則云何」說起。上述一則總序和四則小序由於並非故事，不列入章數計算，所以不包括在《正藏》所編九十一章之中。

　　本經各章故事敘述，可歸納出兩組常用的起訖句式。一是由「昔者菩薩」或「昔者」、「昔有」開始，至「菩薩某某度無極行某某如是」作結，其中的「某某」是依六度之不同而有所改變，如〈布施度〉用「菩薩慈惠度無極行布施如是」，〈戒度〉用「菩薩執志度無極行持戒如是」等。而有〈禪度〉經文言得禪法者，以「菩薩」開始；言佛傳故事者，以「太子」、「佛」說起，因同樣直接從故事主角切入，結束語也與上述句型相同，故視爲同一類的起訖句式。在全經九十一則故事中，依此句型敘述者有七十六則，約佔全書百分之八十三強。另一敘述句式從「聞如是，一時佛在……」開始，最後描述聞經者歡喜作禮，乃至離去之語作爲結束，如「諸沙門聞經，皆大歡喜，爲佛作禮而去」，或「佛說經竟，諸沙門莫不歡喜，稽首作禮」等，而依佛說經對象的不同，結束語中的受眾也會有所變動。經文中以此句型敘述者有七篇，約佔百分之八。

　　除了上述兩組常用的起訖句式外，另有八章經文無法歸入這些句型之中。當中有五篇是從「昔者菩薩」開始，至「皆大歡喜，稽首作禮」作結；或從「聞如是」開始，至「菩薩某某度無極行某某如是」作結。前一例是以

上述第一個常見起訖句式的起句為始，而以第二個常見起訖句式的結尾收篇，依《正藏》編號，共得兩章，分別是第十七章與第五十四章。後一例則正好相反，是以第二句式的起句為始，第一句式的結句收篇，依《正藏》編號，共得三章，分別是第四十一、六十四與九十一章。除了上述五章以外，其餘三章，第十六章及第八十九章是從「聞如是」開始，但前者以「值佛生天，必如志願也」作結，後者則以一首偈語收尾。至於第七十四章，則是運用了「禪度無極者云何」的小序起始句式，再以第一組常用起訖句式的結語作結。《六度集經》這八篇無法歸類的起訖句式，約佔全書總篇數的百分之九。由此可知，《六度集經》的故事，有百分之九十一是依據固定的起訖句編輯而成，呈現了經文組織的規則性。

以上勾勒《六度集經》篇章組織，是根據《正藏》本分析而來的。由此已可略知本經之編輯體例。然而在上述不使用常見起訖句式的故事中，第十六和七十四兩章的分章，還有些問題。也就是說，《正藏》本對這兩章的分章尚有可議之處。其中第七十四章為〈禪度〉之首章，其內容並非故事。第十六章名為〈佛說四姓經〉，當與第十七章〈維藍梵志本生〉合為一章。以下茲分兩小單元討論此二問題，以求本經分章之真相。

三、〈禪度〉首章之歸屬問題

已知六度之中，《正藏》確實編列小序者有〈布施〉、〈戒〉、〈忍辱〉、〈精進〉四度，未編列小序者有〈禪〉和〈明〉二度。《正藏》本第七十四章當〈禪度〉之首章，其起句為「禪度無極者云何」，和〈布施〉等四度的卷前小序起始句式類同；其內容又在總述得禪的方法，與〈布施〉等四度卷前小序內容都屬於解說性質，而並不是述說人物事跡的故事。因此第七十四章應該是〈禪度〉的卷前小序，由於篇幅較其他四度小序為長，結尾「菩薩禪度無極一心如是」又與前述第一組故事起訖句式「菩薩某某度無極行某某如是」的結尾類同，而被誤編為正文。印順《初期大乘佛教之起源與開展》一書論及《六度集經》的篇章時就說：

> 禪度初說（七四），「禪度無極者云何」一事，是禪度的解說。如除去這一事，全集實為九十事。〔註14〕

〔註14〕印順：《初期大乘佛教之起源與開展》（台北：正聞出版社，民國75年3月），頁560。

文中所謂「九十事」，即從《正藏》本編列的「九十一」之數，扣除此〈禪度〉小序而得。可見印順也認爲〈禪度〉首章確實不屬於故事本文，應該視爲解說用的小序，不當列入章數計算。

據此，《正藏》編列的《六度集經》九十一章之數實有錯誤，假使扣除這一章，全書實際只餘九十章。

四、〈佛說四姓經〉與〈維藍梵志本生〉之分合問題

前文在討論《六度集經》卷數時，已說今見版本所以有八卷和七卷的差異，是由於八卷本分〈布施度〉爲三卷，而七卷本則分〈布施度〉爲兩卷。兩種版本雖有一卷之差，但全書收錄的故事章數和故事內容則並無不同。

不過就在〈布施度〉中的〈薩和檀王經〉之後，〈孔雀王本生〉之前，有六則故事的次序略有差異：《正藏》本這部份的六章依序爲〈須大拏經〉、〈和默王本生〉、〈佛說四姓經〉、〈維藍梵志本生〉、〈鹿王本生〉、〈鵠鳥本生〉，而《金藏》本六章次序則作〈佛說四姓經〉、〈維藍梵志本生〉、〈鵠鳥本生〉、〈須大拏經〉、〈和默王本生〉、〈鹿王本生〉。其中的〈佛說四姓經〉和〈維藍梵志本生〉，《正藏》編爲第十六章與第十七章，明顯區隔爲兩章〔註15〕。於《金藏》所見，亦分爲二〔註16〕。但在《磧砂藏》〔註17〕、《北藏》〔註18〕、《嘉興藏》〔註19〕及《龍藏》〔註20〕中，都未分段區隔，而總題爲〈佛說四姓經〉，顯示這些藏經都以一則故事視之。詳下表。

〔註15〕吳‧康僧會：《六度集經》卷三〈佛說四姓經〉、〈維藍梵志本生〉，見《正藏》（同註1）（本緣部上），冊3（本緣部上），頁11c～12b。

〔註16〕吳‧康僧會：《六度集經》卷一〈佛說四姓經〉、〈維藍梵志本生〉，見《金藏》（《中華藏》），同註12，頁823c～824c。

〔註17〕吳‧康僧會：《六度集經》卷三〈佛說四姓經〉，見《磧砂藏》（台北：新文豐出版公司，民國76年4月），冊11，頁62c～63b。

〔註18〕吳‧康僧會：《六度集經》卷三〈佛說四姓經〉，見《永樂北藏》（北京：線裝書局，2000年3月），冊37，頁557～560。

〔註19〕吳‧康僧會：《六度集經》卷三〈佛說四姓經〉，見《嘉興藏》（清康熙十二年，嘉興楞嚴寺刊本，台北：國家圖書館藏本），卷三葉二左至卷三葉五右。

〔註20〕吳‧康僧會：《六度集經》卷三〈佛說四姓經〉，見《新編縮本乾隆大藏經》（台北：新文豐出版公司，民國81年10月），冊32，頁397b～399b。

〈佛說四姓經〉在各藏經之分合及其前後章之編次

章 次	《磧砂藏》、《北藏》、《嘉興藏》、《龍藏》	《金藏》	《正藏》	章 次
14	須大拏經	佛說四姓經	須大拏經	14
15	和默王本生	維藍梵志本生	和默王本生	15
16	佛說四姓經	鵠鳥本生	佛說四姓經	16
		須大拏經	維藍梵志本生	17
17	鹿王本生	和默王本生	鹿王本生	18
18	鵠鳥本生	鹿王本生	鵠鳥本生	19

　　從其內容探究，《磧砂藏》等的〈四姓經〉敘述佛開導一位貧困的四姓，依靠布施成就功德的主要關鍵不在布施物的好壞，而在布施者的誠心。接著，佛告訴四姓，自己過去曾經是個富有的梵志，名叫維藍，常將財寶布施給一般百姓，但是如果布施給賢聖者，功德將更無量。故事從佛說布施的誠心，說到布施對象的差別，用意在於勉勵四姓的布施行為，因此視為一則故事，不將其中的〈維藍梵志本生〉分出。

　　本節第二大段討論《六度集經》的編輯體例時，曾歸納本經各故事的起訖句式。從起訖句式來看，〈四姓經〉始於「聞如是，一時佛在舍衛國祇樹給孤獨園。是時四姓家遭宿命殃……」，合於第二組起訖句式的開頭模式；結尾作「……值佛生天，必如志願也」，則並非常用結束句式。而〈維藍本生〉從「昔有梵志」開始，至文末出現「四姓聞經，心大歡喜，作禮而去」，是混用第一組的開頭句式，與第二組的結束句式作結而成。在本經的句型歸納中，二者皆不屬於常用的固定句式。若將其合併，一以「四姓」為始，一以「四姓」作結，首尾始見完整，同時也能符合於第二組的固定敘述句式。

　　李美煌《六度集研究》曾依據〈維藍本生〉的結束語句，以及其他佛典記載的類似故事，討論了〈四姓經〉與〈維藍本生〉的關係：

　　　　這一段文字（引者案：指〈維藍本生〉「佛告四姓」至「作禮而去」之結束語），如果不從〈四姓經〉開始讀起，實無法解釋得通。因此就起訖的文脈來看，現傳本的〈四姓經〉須與〈維藍章〉合併，才具備完整的內容。其它經典有關維藍梵志的記載，可以證明這一點，見《中阿含·梵志品·須達哆經》、《增壹阿含·等趣四諦品（三）》、

《菩薩本行經卷中》。這些文獻上，維藍的故事都是出現在佛爲一位
貧困的居士說布施法的經文中。另外於《長者施報經》、《須達經》、
《三歸五戒慈心厭離功德經》，世尊也以優婆塞爲當機者，講述維藍
行施的事跡。〔註21〕

李氏從起訖文脈論定〈四姓經〉與〈維藍本生〉合併的可能，再引述其它經典
的相同故事作爲證明。此六本經典裡，《中阿含・梵志品・須達哆經》〔註22〕、
《增壹阿含經・等趣四諦品（三）》〔註23〕、《菩薩本行經》卷中〔註24〕、《長
者施報經》〔註25〕、《須達經》〔註26〕等五者，其內容相當於《六度集經》所
收〈四姓〉和〈維藍〉二章的總和。至於《三歸五戒慈心厭離功德經》〔註27〕
雖然只提到後段梵志布施之事，不過經文開始即說明是佛爲長者所說，文
末並有「爾時長者，聞佛所說，歡喜奉行」的結束語，說經因緣和說經結果
首尾呼應，不像〈維藍本生〉一開頭就從本生故事切入，完全沒有提到說經
因緣。

　　根據以上所論，則《麗藏》（《正藏》）與《金藏》（《中華藏》）中的〈佛
說四姓經〉和〈維藍梵志本生〉應該合爲一章。

五、《六度集經》之總章數

　　〈禪度〉首章（《正藏》第七十四章）、〈佛說四姓經〉（《正藏》第十六
章）、〈維藍梵志本生〉的問題既已解決，便可實際計算《六度集經》的總
章數。

　　各本藏經收錄之《六度集經》，於各卷卷首皆記錄有該卷的篇章總數。
《正藏》八卷本〈布施度〉第一卷註記作「此有一十章」，此後各卷註記依
序爲四、十一、十五、十三、十九、九、九，總計得九十章。其他八卷本

〔註21〕 李美煌：《六度集研究》（台北：中華佛學研究所論文，民國 81 年元月），頁
　　　　55。案：《六度集》即《六度集經》，說見李書頁 1。
〔註22〕 東晉・瞿曇僧伽提婆譯：《中阿含經・梵志品・須達哆經》，見《正藏》（同註
　　　　1），冊 1（阿含部一），頁 677a～678a。
〔註23〕 東晉・瞿曇僧伽提婆譯：《增壹阿含經・等趣四諦品（三）》，同前註，冊 2（阿
　　　　含部二），頁 644b～645a。
〔註24〕 失譯：《菩薩本行經》卷中，同前註，冊 3，頁 113c～115a。
〔註25〕 宋・法天譯：《長者施報經》，同前註，冊 1，頁 880a～882a。
〔註26〕 蕭齊・求那毗地譯：《須達經》，同前註，頁 879a～880a。
〔註27〕 失譯：《三歸五戒慈心厭離功德經》，同前註，頁 878c～879a。

《六度集經》，如宋《磧砂藏》、明《北藏》、《嘉興藏》、清《龍藏》等，記錄之章數皆與《正藏》本同。但〈禪度〉首章實為小序，不應列入章數計算，因此〈禪度〉所在的第七卷實只收了八篇經文。在《正藏》與《磧砂》等各本藏經中，皆誤將此一小序視為正文，註記作九章，今將該章扣除，為八十九章。

《正藏》本各卷卷首章數註記總合雖為九十，但書前目錄為全書各章所做編號卻有九十一章，此一章之差，主要就在它將〈四姓經〉與〈維藍本生〉分而為二。實則兩章應當合併為一。

因此《正藏》本目次所編九十一章，扣除〈禪度〉首章之小序為九十章，再歸併〈維藍〉於〈四姓〉中，則全書實有章數應為八十九章。

最後，茲附論《六度集經》所收各章之經題。上文討論本經編輯體例時，曾指出《正藏》題為「某某經」者有三十章。《正藏》以《麗藏》為底本，因此《麗藏》經題存佚情形也與《正藏》相同，三十章以外，餘俱缺題，因此《正藏》編者才有補擬經題為「某某本生」之舉。今以與其它各本相較，《金藏》七卷本只有二十九個經題，所缺一章，《正藏》本題為〈須大拏經〉。而與《正藏》同為八卷本的《磧砂藏》、《北藏》、《嘉興藏》、《龍藏》等，則較《正藏》多出三章經題，分別是〈忍辱度〉的〈摩天羅王經〉、〈槃達龍王經〉，以及〈精進度〉的〈以金貢泰山贖罪經〉。此三章由於《麗藏》缺題，所以《正藏》補擬作〈難王本生〉、〈盤達龍王本生〉、〈童子本生〉。由於三章經題還可從《磧砂》等藏考見，因此應取此三題以補《正藏》之所缺，而不必採用《正藏》編者所補擬的經題。

又前文已述及《正藏》本編者依故事主要角色為《六度集經》缺題之篇章補擬經題，但由於各故事角色常有相同，因此所擬經題有重複現象。近人蒲正信為《六度集經》作注解時，曾為這些相同的經題加註副標題，用以區別相同標題的不同故事，如同為〈菩薩本生〉的篇章有第一、四與四十一章，其中第四章副標題作「（菩薩以身飼虎）」，第四十一章副標題作「（菩薩隱居修行的故事）」。〔註28〕

以下茲將《六度集經》總收八十九章之經題依序列出，同時列出《正藏》八卷本九十一章及北京《中華藏》七卷本的篇章順序，以見其差異。其中各

〔註28〕 蒲正信注：《六度集經》（成都：巴蜀書社，2001 年 6 月），頁 17、177。

經題之名稱，即取各本藏經原有之經名相互補正，未有經名者再依《正藏》之擬題爲名，以求統一；而有相同經題者，依蒲正信補註之副標題，括號標示在後。又：本文討論《六度集經》故事時如有引證，皆據新編八十九章之章次。

《六度集經》章卷編排對照表

本文新擬八十九章			八卷本九十一章《大正藏》			七卷本九十一章《中華藏》		
章次	章題	卷次	章次	章題		卷次	章題	
1	菩薩本生	一	同左	同左		一	同左	
2	薩波達王本生		同左	同左			同左	
3	貧人本生		同左	同左			同左	
4	菩薩本生（菩薩以身飼虎）		同左	同左			同左	
5	乾夷王本生		同左	同左			同左	
6	國王本生		同左	同左			同左	
7	國王本生（國王信佛因緣）		同左	同左			同左	
8	仙歎理家本生		同左	同左			同左	
9	普施商主本生		同左	同左			同左	
10	長壽王本生		同左	同左			同左	
11	波耶王經	二	同左	同左			同左	
12	波羅㮏國王經		同左	同左			同左	
13	薩和檀王經		同左	同左			同左	
14	須大拏經		同左	同左			佛說四姓經	
15	和默王本生	三	同左	同左			維藍梵志本生	
16	佛說四姓經		16	佛說四姓經			鵠鳥本生	
			17	維藍梵志本生	二	須大拏經	
17	鹿王本生		18	同左			和默王本生	
18	鵠鳥本生		19	同左			鹿王本生	
19	孔雀王本生		20	同左			同左	
20	兔王本生		21	同左			同左	

21	理家本生（金鼠的故事）		22	同左		同左
22	國王本生（百子的故事）		23	同左		同左
23	梵志本生		24	同左		同左
24	理家本生（財主和鼈的故事）		25	同左		同左
25	沙門本生		26	同左		同左
26	清信士本生		27	同左		同左
27	象王本生		28	同左		同左
28	鸚鵡王本生（鸚鵡戒食出籠的故事）		29	同左		同左
29	法施太子本生		30	同左		同左
30	國王本生（因禍而成國王的故事）		31	同左		同左
31	凡夫本生	四	32	同左	三	同左
32	貧商人本生		33	同左		同左
33	貧道士本生		34	同左		同左
34	童子本生（金盤的故事）		35	同左		同左
35	兄（獼猴）本生		36	同左		同左
36	長者本生		37	同左		同左
37	太子墓魄經		38	同左		同左
38	彌蘭經		39	同左		同左
39	頂生聖王經		40	同左		同左
40	普明王經		41	同左		同左
41	菩薩本生（菩薩隱居修行的故事）	五	42	同左	四	同左
42	睒道士本生		43	同左		同左
43	羼提和梵志本生		44	同左		同左
44	童子本生（四姓害子）		45	同左		同左
45	國王本生（國王與猴王）		46	同左		同左
46	獼猴本生		47	同左		同左
47	龍本生		48	同左		同左
48	摩天羅王經		49	同左		同左
49	槃達龍王經		50	同左		同左

50	雀王經		51	同左		同左
51	之裸國經		52	同左		同左
52	六年守飢畢罪經		53	同左		同左
53	釋家畢罪經		54	同左		同左
54	凡人本生		55	同左		同左
55	彌猴王本生		56	同左		同左
56	鹿王本生（鹿王濟眾出逃的故事）		57	同左		同左
57	修凡鹿王本生		58	同左		同左
58	驅耶馬王本生		59	同左		同左
59	魚王本生		60	同左		同左
60	龜王本生	六	61	同左	五	同左
61	鸚鵡王本生（鸚鵡王棄眾歸道）		62	同左		同左
62	鴿王本生		63	同左		同左
63	佛說蜜蜂王經		64	同左		同左
64	佛以三事笑經		65	同左		同左
65	小兒聞法即解經		66	同左		同左
66	殺身濟賈人經		67	同左		同左
67	以金貢泰山贖罪經		68	同左		同左
68	調達教人為惡經		69	同左		同左
69	殺龍濟一國經		70	同左		同左
70	彌勒為女人身經		71	同左		同左
71	女人求願經		72	同左		同左
72	然燈授決經		73	同左		同左
		七	74	得禪法	六	同左
73	比丘得禪		75	同左		同左
74	菩薩得禪		76	同左		同左
75	太子得禪（出遊四門）		77	同左		同左
76	太子得禪（半夜逾城出家）		78	同左		同左
77	太子得禪（畢鉢羅樹下証道）		79	同左		同左
78	佛得禪		80	同左		同左

79	常悲菩薩本生		81	同左		同左
80	那賴梵志本生		82	同左		同左
81	須羅太子本生		83	同左		同左
82	遮羅國王經		84	同左		同左
83	菩薩以明離鬼妻經		85	同左		同左
84	儒童授決經		86	同左		同左
85	摩調王經	八	87	同左	七	同左
86	阿離念彌經		88	同左		同左
87	鏡面王經		89	同左		同左
88	察微王經		90	同左		同左
89	梵摩皇經		91	同左		同左

第三節　《六度集經》中之本生、佛傳與因緣

　　《六度集經》是一部以釋迦牟尼的前生今世爲敘述主角的故事集，全書收錄篇數八十九則，大部分的內容是釋迦牟尼未成佛之前，歷經多世轉生修行的故事，亦有釋迦牟尼出家成佛的相關事蹟。各篇故事獨立成文，在編排標準方面，前後篇章並不依事件時間先後相承，而主要是根據故事所闡述的修行重心，將所有故事分列在「布施」、「持戒」、「忍辱」、「精進」、「禪定」、「智慧」等六個菩薩道修行的綱領中。

　　本文研究方向，不著重在經文所展示的「六度」之義理，而著重在故事文學上。佛典中關於佛的故事可以分爲「本生」、「佛傳」和「因緣」。「本生」與「因緣」見於原始佛典集結過程中漸次形成的「九分教」、「十二分教」中。所謂「九分」或「十二分」，是早期印度佛教徒針對佛陀教法在形式或內容上的不同特徵所作的分類。〔註29〕其中「本生」在「九分教」、「十二分教」說形成以前，已存在於「波羅提木叉分別」（戒經的分別廣說）中〔註30〕，當時部派尚未分離，可見「本生」的傳出時間，最晚應在西元前四世紀初之前。「本生」的意義，指釋迦牟尼佛或其弟子過去生中的事蹟，《六度集經》所述，偏

〔註29〕印順：《原始佛教聖典之集成》（新竹：正聞出版社，民國91年9月），頁493～497。

〔註30〕同前註，頁244。

重在以釋迦牟尼為主要角色，敘述的是佛的本生故事。「因緣」的古義指「依此而說法或制戒的事緣」〔註31〕，在此引申用作釋迦牟尼悟道成佛後，依所遇事件的機緣說法度化眾生的事跡。至於「佛傳」，即是佛陀的傳記。故依此將《六度集經》的故事區分作「本生故事」、「佛傳故事」與「因緣故事」三大類。〔註32〕

　　《六度集經》除了這三類的故事以外，還有少部分內容並不屬於故事。故事所以稱為故事，其中必定含有情節單元。「情節單元」是罕見、不尋常的，或是令人意想不到的、有趣的、值得提起的事件。將故事裡的這類情節分析至最簡單，而且具有獨立完整的意義，就是一情節單元。關於情節單元的定義，詳參第一章第三節所述。

　　以《六度集經》為例，第一章〈菩薩本生〉講述佛於過去世為菩薩時的布施事，其內容大致是：

> 從前，菩薩廣行布施，天神怕菩薩功德圓滿後，會威脅到祂的地位，所以在菩薩面前變出地獄的景象，騙菩薩說：「行布施的人，死後會入地獄受罪。」菩薩不信，問了假地獄裡的罪人。罪人說：「我以前散盡家產，布施濟眾，救人脫離困厄。可是今日卻入地獄受罪。」
> 菩薩又問：「施行恩惠的人入地獄，那麼接受布施的人又是如何？」
> 天神說：「他們死後都昇天了。」菩薩說：「我所做的一切都是為了眾生。目的既然可以達到，就算結果像祢說的那樣，會入地獄受罪，我還是會去做。」神知道菩薩確實是為了眾生著想，才心生悔意，向菩薩叩頭認錯。〔註33〕

這則敘述中的罕見事跡有五：「人的善行驚動了天神」、「神和人說話」、「神變現假地獄以騙人」、「神阻人行善」、「神向人叩頭認錯」。比擬一般生活經驗，與神有所接觸，確實罕見，就是修道中人，能直接得到神的關注，當然也屬奇特，因此可以確定這是一則故事，而且由多個情節單元所組成。又如第七十三則〈比丘得禪〉，由比丘入深山樹下坐禪說起，然後借比丘坐禪入定，說

〔註31〕同前註，頁592。

〔註32〕本生故事、佛傳故事、因緣故事之分類，並參考金榮華：《敦煌學教材之編撰成果報告》（台北：中國文化大學中文系，民國87年9月），用以區分敦煌壁畫中有關的佛教的故事，見頁9～11。

〔註33〕〈菩薩本生〉，摘錄自吳・康僧會：《六度集經》，見《正藏》（同註1），冊3，頁1a～b。

明禪定的進階與過程，得禪之後是處於何等修爲狀態與心境，並解釋何爲十惡、何爲五善等。〔註34〕如此之敘述，並非鋪陳比丘坐禪時的不尋常遭遇，反而類似於修道的說明與指引，僅能引起特定人士的關切，但是分析不出可引人傳誦的不尋常人、事、物，顯然不含有情節單元，因此〈比丘得禪〉的內容並不屬於故事。

據此，《六度集經》的內容可劃分爲故事與非故事兩類，故事類又可別爲本生、佛傳與因緣。而在本生故事中，有釋迦牟尼在過去世轉生爲人的故事，也有轉生爲動物的故事，故可再分出人物本生與動物本生。

不過在實際分類時，歸於「因緣故事」之篇章，常能見到「本生故事」的影子。這些故事通常敘述佛在教化弟子時，以自身過去世事跡訓誡弟子，比如第三十八章〈彌蘭經〉，故事大要是：

> 有一群修道者在一起討論：一般人都沉溺在五樂之中，眼睛要看好看的顏色，耳朵喜歡聽悅耳的聲音等等，對於這些享樂，都不會覺得厭惡。於是他們向佛陀請教。佛陀便說出自己過去某世爲彌蘭商人的故事。那時彌蘭入海採寶遇到船難，漂流到某地，後來進入一座銀城，城中有美女相迎，又有黃金琉璃等眾多寶物，女子留他住下來。過了一段時間，彌蘭想：這些女子不讓我離開，是不是有其它緣故？於是悄悄地離開銀城。之後接連又住進了金城、琉璃城，城中的女子及各項寶物，一城比一城漂亮華麗。彌蘭不知足，再往前進入一座鐵城，卻見城裡有一鬼，頭頂輾著鐵輪。鬼見彌蘭來，就將鐵輪移到他頭上，於是彌蘭留在鐵城受罪。最後佛說明其獲居寶城是前世持八關齋的果報，入鐵城受罪是因爲誤踏母首之報應，故告誡諸人必須守戒行孝。〔註35〕

在上述故事中，佛爲修道者說教化，屬於「因緣」；而說教化時提到自己過去世的事跡，則屬「本生」。但由於敘述本生是爲了行教化，因此可以歸屬在因緣故事之列。

又第三十六章〈長者本生〉則是一篇難以分辨其爲「本生」或「因緣」的故事，內容大要如下：

> 從前，佛爲長者時，與人渡海採寶，因受鬼魅誘惑，娶鬼妻，留居

〔註34〕〈比丘得禪〉，同前註，頁 39c～40a。
〔註35〕〈彌蘭經〉，同前註，頁 21a～c。

於鬼境。後來經天神指點，才知道它們都是吃人的鬼狐，於是與其
他商人得到神馬的救渡，歸回本土。然而鬼又攜子隨其返國，求國
王主持公道。國王卻受美色所惑，納之於後宮。鬼因得於宮中食人
無數。其後長者轉生成佛，鬼轉生爲梵志之女，王轉生爲修道者。
某日，梵志見佛，喜欲爲婿，而佛不應允。一旁的修道者請求能得
到此女。佛便以前世因緣訓誡之。修道者終能悔悟，退入禪定，修
得菩薩道。〔註36〕

敘述上故事先是表達佛陀前世以至今日，皆能遵守清淨守戒之行，而脫離誘
惑；同時又並行著修道者前世今生的故事，以佛陀對其之教化，接連起其與
佛陀的關係。換言之，故事是從本生著手，講佛的過去以至佛現在之世的故
事；在現在世中，又切入教化修道者的因緣。佛的本生故事是主線之一，教
化修道者的因緣故事是主線之二，主線二雖是從主線一所衍生，但若將其劃
分爲二，亦可各自成立。如此則有別於〈彌蘭經〉以本生事跡呈現因緣故事
的單一敘述主線，故〈長者本生〉既是人物本生故事，也屬於因緣故事。

　　此外，第三章〈貧人本生〉說佛前世爲貧人時，犧牲生命投海餵魚，使
小魚免於被大魚所吃。之後轉生爲魚王，再度犧牲生命，自己躍上岸邊，供
飢餓的民眾食用。魚王死後再轉生爲王太子，爲飢饉所苦的人民求得糧食。
〔註37〕顯然這個故事是「人物本生」和「動物本生」的混合敘述。

　　以上第三章和第三十六章都是可以歸於兩類之中的例子。依此類推，第
三十五章的〈兄（獼猴）本生〉（詳前「研究動機」引述）也可同時歸入人物
本生和動物本生之中。因此在歸類上只能以互見方式分別列在兩類之中。但
這種情形在《六度集經》中實屬少見，僅有上述三例而已。

　　類別既定，則以類相從，《六度集經》八十九章的內容，可以重分如下：

一、人物本生

1. 〈菩薩本生〉：敘述佛爲菩薩時，不畏天帝變現假地獄之威脅，仍樂
   行布施的故事。

2. 〈薩波達王本生〉：敘述佛爲薩波達王時，割己肉替代鴿子以餵鷹的
   故事。

〔註36〕〈長者本生〉，同前註，頁 19c～20b。
〔註37〕〈貧人本生〉，同前註，頁 1c～2b。

3. 〈貧人本生〉：敘述佛為貧人時，見魚相食，捨身餵魚，以代其小者；後轉生為魚王，又捨魚身濟民於飢饉；其後再轉生為王太子，以精誠感動天神，授以神奇穀種，濟民免於飢饉的故事。（又見於動物本生）

4. 〈菩薩本生〉：敘述佛為菩薩時，見虎將自食其子，捨身餵虎的故事。

5. 〈乾夷王本生〉：敘述佛為乾夷王時，未曾違逆人之所求，頭顱亦能布施的故事。

6. 〈國王本生〉：敘述佛為國王時布施行善，天神覺受威脅，屢次喬裝行乞，陷害國王捐國以至賣妻兒的故事。

7. 〈國王本生〉：敘述佛為國王時，聞財主之言，而信佛行布施的故事。

8. 〈仙歎理家本生〉：敘述佛為財主仙歎時，借貸施藥，之後經商受陷害，又為仇人請求免罪的故事。

9. 〈普施商主本生〉：敘述佛為普施沙門時，感化毒蛇，得天神贈明月珠，卻遇海神與之爭寶的故事。

10. 〈長壽王本生〉：敘述佛為長壽王時，為避免戰爭害民而讓國，又捐身濟窮，臨終誡子不得復仇，從而感化貪王的故事。

11. 〈波耶王經〉：敘述佛為波耶王時，為避免戰爭害民而讓國，又捨身濟窮的故事。

12. 〈波羅㮈國王經〉：敘述佛為太子時，讓國退隱，救濟受刑罪人，卻遭妻與罪人謀害未死的故事。

13. 〈薩和檀王經〉：敘述佛為薩和檀王時廣行布施，文殊師利菩薩乞王及夫人為奴、為婢，以試探其布施誠心的故事。

14. 〈須大拏經〉：敘述佛為須大拏太子時，布施國寶白象給仇敵之國，遭驅逐出境，臨去盡施所有，繼而布施妻兒的故事。

15. 〈和默王本生〉：敘述佛為和默王時，人民因貧為盜，和默王因而廣行布施的故事。

21. 〈理家本生〉：敘述佛為財主時，因訓誡友人不肖之子，偶然使乞兒受教，令其以死鼠買賣致富，又還報財主的故事。

22. 〈國王本生〉：敘述寡婦見道人神聖相貌，誓言欲生百位如其賢聖之子。寡婦後轉世為梵志女，以步生蓮花之兆得為王夫人，生有百卵而為后妃所害，百卵流落他國，長成勇力百子，反攻本國，母識百子而感化之的故事。

23. 〈梵志本生〉：敘述佛為梵志時，其童稚弟子燃身供佛，七日無懈倦意，得佛授決的故事。

24. 〈理家本生〉：敘述佛為財主時，救鱉得洪水預言。歷洪水時，救助動物和人，其後人忘恩陷害，而動物報恩營救的故事。

26. 〈清信士本生〉：敘述佛為清信士時，其國王導民信佛，時多有偽善者。王假言信佛者棄市，唯清信士真心信佛，臨死不悔的故事。

29. 〈法施太子本生〉：敘述佛為法施太子時，受國王幸妾陷害，使去國又失明的故事。佛並言其所以如此的宿世因緣。（又見於因緣故事）

30. 〈國王本生〉：敘述佛為賢者時，受妻謀害未死，獲救後成為國王的故事。

31. 〈凡夫本生〉：敘述佛為懂鳥語的貧人時，為商人所僱，行路中聞鳥鳴，欲貧人殺商人取寶珠，鳥欲食其人之肉，貧人不為所惑的故事。

32. 〈貧商人本生〉：敘述佛為貧人時，遭遇海難，欲自犧牲，反而得以活命的故事。

33. 〈貧道士本生〉：敘述佛為貧道士時，不貪非分之財的故事。

34. 〈童子本生〉：敘述佛為童子時，誠實買賣，獲得寶物；而其舅貪寶不得，氣急殞命的故事。

35. 〈兄（獼猴）本生〉：敘述佛為兄長時，與弟經商他國，因遵守戒度而與人結怨的故事。（後轉世為獼猴，事見動物本生）

36. 〈長者本生〉：敘述佛為商人時，受鬼魅誘騙，得神馬救渡。而鬼又追至其國，迷惑國王，作亂國境的故事。（又見於因緣故事）

37. 〈太子墓魄經〉：敘述佛為墓魄太子時，因記得前世為王，死後入地獄受苦事，而不敢妄言的故事。

41. 〈菩薩本生〉：敘述佛為菩薩時，隱居墳墓間修行忍辱的故事。

42. 〈睒道士本生〉：敘述佛為睒道士時，因國王打獵被誤射而亡，以其孝親之行，獲得重生的故事。

43. 〈羼提和梵志本生〉：敘述佛為羼提和梵志時，國王追逐獵物於其前，羼提和不言獵物何去，亦不欲作妄言而緘默，遭王斷其四肢五官，依然忍辱的故事。

44. 〈童子本生〉：敘述佛為養子時，遭養父多次棄養，養父又借送信欲加謀害，反害己子的故事。

45. 〈國王本生〉：敘述佛爲國王時，讓國於舅，入山修道。於山中妻爲惡龍所劫，尋妻途中助猴王奪回王位，猴王助其尋妻的故事。

48. 〈摩天羅王經〉：敘述佛爲國王時，救助動物和人，其後人忘恩陷害，而動物報恩營救的故事。

51. 〈之裸國經〉：敘述佛爲商人時，與兄俱入他鄉經商，弟入境隨俗，買賣順利；兄堅持其道，卻不受歡迎的故事。

52. 〈六年守飢畢罪經〉：敘述佛爲國王時，誤使梵志飢渴六日，轉世受飢餓六年之報的故事。

54. 〈凡人本生〉：敘述佛爲凡人時，布針刺身求聞佛法的故事。

63. 〈佛說蜜蜂王經〉：敘述佛爲修道者時，變幻爲蜜蜂，點化貪眠同伴的故事。

65. 〈小兒聞法即解經〉：敘述佛某世爲小兒時，聞經即解，並能刪定脫誤經文的故事。

66. 〈殺身濟賈人經〉：敘述佛爲菩薩時，乘船遇海難，捨己一身，濟眾免難，因而感動天神，使再重生的故事。

67. 〈以金貢泰山贖罪經〉：敘述佛爲童子時，勸化國王信佛崇仁的故事。

68. 〈調達教人爲惡經〉：敘述佛爲天王時，教人行善，遇魔王教人爲惡的故事。

69. 〈殺龍濟一國經〉：敘述佛某世爲兄時，有蛟龍食人，其與弟二人爲救黎民，化身獅子與象，捨命除惡龍的故事。

70. 〈彌勒爲女人身經〉：敘述佛爲天神時，其宿友爲婦人，爲言諸事因緣，渡化友人的故事。

71. 〈女人求願經〉：敘述佛爲女子時，信奉佛之教化，故所願從心的故事。

72. 〈然燈授決經〉：敘述佛爲寡婦時，布施油膏，又捐身求道的故事。

79. 〈常悲菩薩本生〉：敘述佛爲菩薩時，哀感佛法不聞，後因至誠得聞佛法的故事。

80. 〈那賴梵志本生〉：敘述佛爲梵志時，與另一梵志起爭執，使日五日不出，引起國王注意，藉以宣揚佛法的故事。

82. 〈遮羅國王經〉：敘述佛某世爲王太子時，以貌極醜，嚇跑美妻，因假爲百工巧技追至其國，多方求見不果。時得天神相助，以其美妻許

多國，引多國來戰，太子出面相助退敵，終娶回美妻，使各國和平相處的故事。

83. 〈菩薩以明離鬼妻經〉：敘述佛為凡人時，為求道而逃親的故事。

84. 〈儒童授決經〉：敘述佛為儒童梵志時，欣逢定光佛，借花獻佛，又以禪力填溝壑，以衣髮佈地迎佛，得定光佛授決的故事。

88. 〈察微王經〉：敘述佛為國王時，聽補履翁言王者最樂，因灌醉補履翁，藉機讓他體驗王者生活的故事。

二、動物本生

3. 〈貧人本生〉：敘述佛為貧人時，見魚相食，捨身餵魚，以代其小者；後轉生為魚王，又捨魚身濟民於飢饉；其後再轉生為王太子，以精誠感動天神，授以神奇穀種，濟民免於飢饉的故事。（又見於人物本生）

17. 〈鹿王本生〉：敘述佛為五色鹿王時，與人王交涉，日供所需之鹿，以免鹿群傷於打獵之逃竄。後逢有孕之鹿當為供，鹿母乞待其產，後者接替無怨，鹿王不忍，自身替之，因而感化人王的故事。

18. 〈鵠鳥本生〉：敘述佛為母鳥時，遇大旱無食，而以己肉餵子的故事。

19. 〈孔雀王本生〉：敘述佛為孔雀王時，貪色遇禍，終能了悟的故事。

20. 〈兔王本生〉：敘述佛為兔子時捨身供養修道者的故事。

27. 〈象王本生〉：敘述佛為象王時，受仇家害命取象牙，仍舊忍痛遵守戒殺之德的故事。

28. 〈鸚鵡王本生〉：敘述有眾鸚鵡被捕收籠中，肥者見烹，時佛為鸚鵡王，教其眾戒貪節食，從鳥籠脫逃的故事。

35. 〈兄（獼猴）本生〉：敘述佛為獼猴時，遇前世仇家報怨，載之入水，欲食其肝，猴詐言肝懸樹上而脫離險境的故事。（與前世仇家事，見人物本生）

46. 〈獼猴本生〉：敘述佛為獼猴時，搭救受困山谷之人，其人得脫後因飢餓反殺獼猴的故事。

47. 〈龍本生〉：敘述佛為龍時，與同伴變蛇遊於陸地，遇毒蚖想加害，因變回龍身折返海中，毒蚖反被嚇死的故事。

49. 〈盤達龍王經〉：有水中龜觸嚇戲水國王子女，被捕判投大海為罰。龜至海中龍王所，詭言為人王言親事，而後遁逃，人王不得已嫁女於

龍，生盤達龍王。龍王慕道登陸，爲術士降害，爲其表演聚財的故事。

50. 〈雀王經〉：敘述佛爲雀王時，飛入虎口，啄骨醫疾的故事。

55. 〈獼猴王本生〉：敘述佛爲獼猴王時，以身拉藤，濟助猴群脫離獵場圍困之險的故事。

56. 〈鹿王本生〉：敘述佛爲鹿王時，以身爲階，助鹿群跳離獵者圍困之險的故事。

57. 〈修凡鹿王本生〉：敘述佛爲九色鹿王時搭救溺人，溺人貪財，洩漏鹿王行蹤的故事。

58. 〈驅耶馬王本生〉：敘述佛爲馬王時，救渡受鬼魅迷惑的迷途商人的故事。

59. 〈魚王本生〉：敘述佛爲魚王時，救助魚群逃離網羅的故事。

60. 〈龜王本生〉：敘述佛爲龜王時，見蟲子登樹自投，懼成災殃，領龜群避之。後墜樹蟲子果然引起象群奔竄的故事。

61. 〈鸚鵡王本生〉：敘述佛爲鸚鵡王時，裝死試探鳥群是否忠心的故事。

62. 〈鴿王本生〉：敘述佛爲鴿王時，與群鴿被捕，關於籠中，鴿王戒貪節食，得從鳥籠脫逃的故事。

三、佛傳故事

75. 〈太子得禪〉：敘述太子出遊，識老、病、死，一心得禪的故事。

76. 〈太子得禪〉：敘述太子夜半踰城出家的故事。

77. 〈太子得禪〉：敘述太子樹下入禪定，修得成佛的故事。

四、因緣故事

16. 〈佛說四姓經〉：敘述有貧者四姓，以所有盡心供養，猶懼不能盡意，佛爲開導心意爲重，並舉自己前世爲維藍梵志時的布施之事爲例，言諸種布施功德的故事。

25. 〈沙門本生〉：敘述佛得財主供養七日的因緣故事。

29. 〈法施太子本生〉：敘述佛爲法施太子時，受國王幸妾陷害，使去國又失明的故事，並言其所以如此的宿世因緣。（又見於人物本生）

36. 〈長者本生〉：敘述佛以前世因緣（參見人物本生）度化修道者的故事。

38. 〈彌蘭經〉：敘述佛以前世爲彌蘭智者時，四入寶地享福，又入鐵城地獄受苦的境遇，教化修道者守戒行孝的故事。

39. 〈頂生聖王經〉：敘述佛以前世爲頂生聖王時，得天下眾土及其寶物，又貪得帝釋之位，而獲病喪身的故事教化弟子。

40. 〈普明王經〉：有聽信邪言，殺人取指，欲爲仙人，佛爲言宿世因果，渡化得道的故事。

53. 〈釋家畢罪經〉：敘述釋家家族受戰爭之侵擾，及佛解釋此間的宿世因緣。

64. 〈佛以三事笑經〉：敘述佛在市集，一笑賣魚老翁怨天喪其子，二笑路上大豬，弟子問其中因緣的故事。

78. 〈佛得禪〉：敘述佛入禪定，不聞車隊過路聲響，因之感化他人信佛的故事。

81. 〈須羅太子本生〉：佛爲弟子說明其與車匿的宿世因緣：時佛爲須羅太子，祖王誤信邪道，將殺神女與人、畜以求昇天。須羅娶神女，引祖王回正道，卻廢於國事，爲王所關，神女離去。車匿時爲山中道士，助須羅太子尋回其妻。

85. 〈摩調王經〉：佛以摩調王治理盛世，年長禪位作沙門，轉世爲南王，以正法治國，天神皆來相迎的故事教化弟子。

86. 〈阿離念彌經〉：佛藉阿離念彌的故事，言人命短暫，以教化弟子應當無犯貪惡，布施貧乏，努力說經講道，修習禪定。

87. 〈鏡面王經〉：佛言盲人摸象之事，以解釋梵志對解經起爭執之因緣。

89. 〈梵摩皇經〉：佛言前世爲天王之福報，教化弟子須修德行善的故事。

五、非故事類（總序與小序不錄）

73. 〈比丘得禪〉：敘述得禪的過程。

74. 〈菩薩得禪〉：概述能使人悟道得禪的各種可能情形。

經由上述分類，可以得出以下兩點結果。

其一，明確掌握《六度集經》的內容：分類後，更可確認《六度集經》是一部故事性濃厚的佛經，其中可歸爲人物本生者共有五十三章，所佔最多；動物本生二十章次之，其中包含重複見於人物本生的〈貧人本生〉與〈兄（獼猴）本生〉；因緣故事十五章又次之，包含重複見於人物本生的〈法施太

子本生〉與〈長者本生〉；篇數最少者為佛傳故事，共三章。至於非故事類的
敘述，除了全書總序和各度小序以外，只見〈比丘得禪〉、〈菩薩得禪〉兩章
而已。

其二，可以觀察本生故事角色的特性：由分類所得，除了知道《六度集
經》大多是敘述佛陀前世經歷的本生故事以外，還可以推出釋迦牟尼前世為
人或為動物時的身分特性。本生故事的主要角色，也就是釋迦牟尼佛的前世
身分，大多可以從章名中看出，這是《六度集經》經題名稱的一大特徵。佛
陀前世為人時，通常是國王、太子、財主商人、修道人士等較有身分之人。
以凡人、童子、兄弟伯叔、女子等一般身份出現者則較為少見。為動物時，
亦有相同情形，二十則動物本生故事，以動物王身份出現者有十六則。這些
身分的安排，有時候是配合著故事發展的需要，因而顯現為王者、商人、修
道者慈心愛護眾生，或散財布施等行為。但在有些故事中，主角具不具有王
者身分，則似乎不那麼重要。這在動物本生故事中尤其明顯，例如第五十則
〈雀王經〉，說老虎的牙齒卡進了獸骨，因此無法進食，這時幫老虎啄掉獸骨
的鳥是一隻雀王〔註38〕；又如第五十八則〈驅耶馬王本生〉，故事裡馬的出現
在於救渡漂人和受鬼魅誘惑的迷途商人，故事中特別以馬王稱之。〔註39〕但
事實上這兩則故事裡的角色也可以只是一般的雀或馬，故事中一定要把牠們
說成是雀王和馬王，這應該是因為傳誦故事者為表達其對佛陀的敬重，所以
取王者之尊作為佛陀前世身份的代表。

〔註38〕〈雀王經〉，同前註，頁29b～c。
〔註39〕〈驅耶馬王本生〉，同前註，頁33b～c。

第三章　《六度集經》情節單元分析

第一節　《六度集經》情節單元之提取與分類

　　如前章所論，《六度集經》收入的經文，通行的《正藏》本編列有九十一章，今已歸併爲八十九章。在這八十九章中，排除〈禪度〉有關禪定說明的非故事性篇章以後，具有故事性的敘事之作實得八十七章。至於所以認定此八十七章爲故事，是因爲它們都各自具備一個以上的情節單元。

　　情節單元是故事分析至最簡單，且具有獨立完整意義的敘事單位，是故事中罕見的、不尋常的、值得傳述的內容。本文依此定義爲原則，將《六度集經》八十七則故事的情節單元逐一提取，並且用簡短的文句表達出來，重新分類編排，製成〈情節單元分類索引〉，置於文末爲附錄一，以供參考。以下針對本文關於情節單元的編排方式與分類原則詳作說明。

　　〈索引〉中每一條情節單元之後，皆以阿拉伯數字標示出該情節單元所在的篇章。所以用阿拉伯數字標示，是爲了避免與情節單元詞句中的國字相混淆；至於篇章之數，乃依據本文第二章第二節所考訂的實有篇數及其序號爲準則，並非《正藏》本編列的九十一章篇數序號。如卷三〈布施度〉的〈鵠鳥本生〉，《正藏》本原編號爲總第十九章，整編後爲總第十八章，故事中有敘述母鵠鳥以自己的肉餵養小鵠鳥的情節單元〔註1〕，所以登錄作「母鳥（鵠

〔註 1〕　〈鵠鳥本生〉，吳・康僧會：《六度集經》，見《正藏》（台北：新文豐出版公司，民國 72 年元月），冊 3（本緣部上），頁 13a。

鳥）裂己肉餵子 18」。

　　提取本經情節單元時，發現有少數不全然符合於罕見、不尋常之要件的情節單元條目，這些情節單元大多出現在故事敘述的布施行動之中。人之行布施，有爲了幫助他人或動物而犧牲自身生命者，如第二則〈薩波達王本生〉，說國王爲了救被老鷹追食的鴿子，而割自己身上的肉替代鴿子給老鷹吃〔註2〕；第十一則〈波耶王經〉，說國王爲了濟助貧者而自刎，讓貧者取其首級至仇家換領賞金〔註3〕；又第十四則〈須大拏經〉，說須大拏太子將自己的子女、妻子都布施給求乞者〔註4〕。類此犧牲生命行布施，或是布施子女等不尋常的布施行動，並非常人所能做到，因此具有特殊的、在說故事場合中值得令人提起的性質，是很明顯的情節單元，表現出較強的故事性。然而有些布施只是敘述一般尋常的布施行爲，如第六則〈國王本生〉，說有一位年老的修道者向國王乞討銀錢，國王如數贈與〔註5〕；又第十五則〈和默王本生〉，說國王布施財寶、飲食衣物、田園宅舍等〔註6〕。這些布施，就國王身分而言，並沒有多大的困難，所以顯現不出有何特殊的不尋常之處。然而由於本經是一部佛教典籍，布施行爲是經中故事所要表達的重心之一，若能將這類布施行爲一併提取並編入〈索引〉之中，便可由此看出本經故事敘述布施行爲的全面樣貌，從而針對尋常與不尋常的布施行爲進行比觀。事實上，這類布施行爲未必不能認定爲情節單元，只是它們的故事性比較弱而已。基於上述考量，《六度集經》中有關布施行爲的所有情節，本文皆將之提取羅列。

　　情節單元提取之後，繼之將相同性質的情節單元彙編於一。認定情節單元是否爲「同性質」的判斷標準，乃依該情節單元素所顯現的特殊性質之所在爲依據，盡量將一個情節單元歸屬在一個最能顯現其特殊性的類別中；但是如果一個情節單元出現了幾個特殊的情節單元素，就用互見的方式，以之同屬於幾個不同的類別。如第四十九則〈鼈達龍王經〉有「天雨花」的情節單元〔註7〕，這個情節單元出現了「天」、「雨」、「花」等三個詞彙，但其特殊

〔註2〕　〈薩波達王本生〉，書同註1，頁 1b～c。
〔註3〕　〈波耶王經〉，書同註1，頁 6a～c。
〔註4〕　〈須大拏經〉，書同註1，頁 7c～11a。
〔註5〕　〈國王本生〉，書同註1，頁 2c～3b。
〔註6〕　〈和默王本生〉，書同註1，頁 11b～c。
〔註7〕　〈鼈達龍王經〉，書同註1，頁 28c～29b。

之處在於「天」降下花的這一行動，而「雨」和「花」本身並無特別之處，因此將此條情節單元歸於「天」類。又如第六十九則〈殺龍濟一國經〉有「獅象聯合鬥惡龍」的情節單元〔註8〕，其中包含「獅」、「象」、「龍」三個詞彙，三者表現的行動都很特殊，若只置於一種動物的類別之下，其它兩者的類別中，將看不出有這一情節單元的存在，故在「獅」、「象」、「龍」三類，皆列有同一則的情節單元。

至於情節單元類別之劃分，目前所見有湯普遜《民間文學情節單元索引》一書，以英文字母編號區分二十三大類，其類目如下：

A0-2899	神話、諸物起源	（Mythological Motifs）
B0-899	動物	（Animals）
C0-999	禁忌	（Tabu）
D0-2199	變化、法術、法寶	（Magic）
E0-799	鬼、亡魂	（The Dead）
F0-1099	奇人、奇事、奇地、奇物	（Marvels）
G0-699	妖魔精怪	（Ogres）
H0-1599	考驗、檢定	（Tests）
J0-2799	聰明人、傻瓜	（The Wise and the Foolish）
K0-2399	機智、欺騙	（Deceptions）
L0-499	天命無常、事有意外	（Reversal of Fortune）
M0-499	預言、宿命	（Ordaining the Future）
N0-899	好運、壞運	（Chance and Fate）
P0-799	社會	（Society）
Q0-599	獎勵、懲罰	（Rewards and Punishments）
R0-399	捕捉、拯救、逃亡	（Captives and Fugitives）
S0-499	乖戾、殘忍	（Unnatural Cruelty）
T0-699	婚姻、生育	（Sex）
U0-299	生活的本質	（The Nature of Life）
V0-599	宗教	（Religion）
W0-299	個性的特點	（Traits of Character）
X0-1899	詼諧、笑話	（Humor）

〔註8〕〈殺龍濟一國經〉，書同註1，頁37a～b。

Z0-599　　　　其他（Miscellaneous Groups of Motifs）〔註9〕

湯普遜的情節單元類別，以英文字母配合數字編號組成，大類之下，又有次
大類、支類以至細目；數字在整數之後，又可以小數點無限延伸，所以特色
是每一個情節單元，都可依其類別編出所代表的編號。〔註10〕

　　另有金榮華先生《六朝志怪小說情節單元分類索引（甲編）》一書，採用
中國傳統類書分類方式編排。其類目如下：

1.天	2.地	3.山
4.水	5.火	6.人（人倫）
7.人（言行）	8.人（技藝）	9.人（異能）
10.人（道術）	11.人（器官肢體）	12.人（形體）
13.人（生命）	14.人（靈魂）	15.人（夢）
16.人（變形）	17.人（喪葬）	18.人與鬼神
19.人（與蟲魚鳥獸）	20.人（與植物）	21.亡者（亡魂）
22.鬼神	23.精怪妖魅	24.佛教
25.靈異	26.鱗介	27.蟲
28.禽鳥	29.獸	30.五穀
31.花草	32.樹木（附竹）	33.果實
34.食物	35.礦物	36.屋室
37.車船（轎）	38.床帳	39.衣帛
40.履帽	41.藥物	42.器物
43.武器	44.樂器（附音樂）	45.財寶
46.雜物		

以上共四十六大類。〔註11〕金先生以類書分類的方式編排，是考量到國人熟
悉的分類形式，與使用上的方便。

　　除此之外，陳勁榛先生編《臺灣蕃人的口述傳說》一書的〈情節單元索
引〉，是以情節單元的關鍵詞句為索引，再依筆劃區分，如第二劃有「人類的
起源和出生」、「人變動、植物」、「刀槍不入」三大類；第三劃有「亡魂」、「女

〔註 9〕 Stith Thompson, *Motif-Index of Folk-Literature*（Bloomington, Indiana University press, 1975）, Volume 1, p.29~35. 類名中譯據金榮華：《中國民間故事與故事分類》（台北：中國口傳文學學會，民國 92 年 3 月），頁 6~7。
〔註10〕 詳金榮華：《中國民間故事與故事分類》，同前註，頁 22~24。
〔註11〕 同前註，頁 7~8。

人國（島）」、「小米」、「小偷」、「山地人和平地人」、「弓」等六大類。〔註12〕
此一分類方式，同屬性的情節單元未必編排在一起，如同屬動物的「蛇」、
「鳥」、「鹿」編在第十一劃，而「螃蟹」、「貓」、「龜」則編在第十六劃。但
是使用者可從此關鍵詞句的筆劃，檢索到所需的情節單元，因此在應用上亦
屬便利。

以上情節單元的分類方式，湯普遜的分類法雖然是國際上較通行的分類
方式，但是對於不熟悉國際編號者，金先生的類書分類法與陳先生的關鍵詞
檢索方式，在使用上反而較簡便而易懂。

本書為《六度集經》情節單元所做分類，則以金先生的分類方式為基礎，
再針對《六度集經》情節單元的特性加以去取。本文在金先生分類的基礎上
作調整，而不妄作更動，理由有三：其一，金先生分類成果簡明可據；其二，
後人編目本應與前賢之作力圖統一，以便於學界檢索利用；其三，分類之結
果，又可作故事選材之比較。《六度集經》編譯時代在吳，金先生《索引》的
檢索對象則是六朝的志怪小說。兩者時代相近，因此本文依金先生《索引》
類目分類之後，後續或可取以與金先生《索引》內容相比較，以見出《六度
集經》與六朝志怪小說題材的相似或差異性。

至於本文為《六度集經》情節單元做分類時，所以對金先生《索引》類
目有所去取的原因，則涉及《六度集經》情節單元的一些特殊狀況，因而將
金先生的四十六類縮編為十大類，其實十類規模實來自金先生四十六類之
說。為方便說明其理由，茲先列出所得十大類之類目，然後採取與四十六類
相互比較的方式作討論。十類類目為：

　　　一、天、地、水、火
　　　二、人
　　　三、鬼、魔
　　　四、神
　　　五、佛
　　　六、佛教修行與教化
　　　七、佛教器物、法術及其他
　　　八、動物

〔註12〕 （日）鈴木作太郎著，陳萬春譯：《臺灣蕃人的口述傳說》，收入陳勁榛編：《民
　　　　學集刊》第一冊（台北：中國口傳文學學會，民國92年9月），頁97～100。

九、植物

十、用品、器物

上述十類，與金先生四十六類之異同，可分幾點來說明。

（一）四十六類中，有許多為《六度集經》所未見。由於本文僅提取《六度集經》一書的情節單元，而該書又明顯屬於佛教典籍，範圍較狹，所編得之情節單元數量有限，因此在金先生《索引》裡的四十六大類中，「山」、「人（形體）」、「人（喪葬）」、「人（與植物）」、「亡者（亡魂）」、「精怪妖魅」、「食物」、「礦物」、「車船（轎）」、「履帽」、「藥物」、「武器」、「樂器（附音樂）」、「雜物」等十四大類，是《六度集經》情節單元所未能歸出的類別。

（二）由於《六度集經》情節單元數量較少，因此本文將四十六類中性質接近的類別再加以合併。如「地」、「水」、「火」等類所見情節單元，各皆只有一至二條，由於數量太少，似乎無獨立成類之必要，因此乃將其與「天」合併為「天、地、水、火」一大類。又，與植物相關的情節單元有「稻」一則、「花」二則、「樹」五則、「果」一則，「瓜」一則，僅得五類共十條情節單元，若依四十六類的分類法將其編屬在「五穀」、「花草」、「樹木（附竹）」、「果實」之大類中，則嫌條數太少，故合併歸於「植物」一類。同理，《六度集經》編於「用品、器物」類者有門、床、衣、書信、明珠、指環等相關情節單元，亦不獨立以「屋室」、「床帳」、「衣帛」、「器物」、「財寶」等類編排，而統歸於「用品、器物」項下。

（三）本文將四十六類中和人有關的情節單元歸併為「人」類。與人相關的類別，金先生《索引》依「人倫」、「言行」、「技藝」等區分，共有十五大類，而前文已舉出「人（形體）」、「人（喪葬）」、「人（與植物）」等三類是本經未見者，減去後為十二類，再依本經情節單元特性增列「異食」、「異居」、「遊歷他界」、「特定人物」、「其它」等五類，共得十七類，依序安排如下：

人

人倫

言行（包含：言語、意念、自刎、品行、巧智與巧騙、權變）

技藝

異能（包含：神智、氣力、聲音、小兒異能）

異食

異居

道術

器官肢體（包含：容貌、足、斷肢、毛孔、乳汁）

生命（包含：生、壽命、死）

（靈魂）轉生

夢

變形

遊歷他界

人與鬼神（佛）（包含：人與神、人神通婚、人與佛、人與鬼）

人與動物

特定人物（包含：小兒、修道者、國王、貧者）

其它〔註13〕

上述類目，「異能」和「特定人物」兩者都出現有關「小兒」的情節單元。在《六朝志怪小說情節單元分類索引（甲編）》中，「小兒」是編於「人（形體）」這一類，而「人（形體）」收錄的是異於常人形體的巨人、小人、小兒、畸形、偶像等情節單元。這類奇特形體，在《六度集經》中僅出現小兒一種，所表現的是異於常人、或該年齡不可能具備的能力，如第六十五則〈小兒聞法即解經〉有「七歲小兒刪定脫誤經文」〔註14〕，因此將之歸於「異能」一類中；又爲了方便檢索，再於本文增加的「特定人物」類別之下，編列「小兒」之條目以供查照。以上這些與人相關的類別，都以「人」爲大類而總括之。

　　（四）本文將四十六類中和動物有關的情節單元歸併爲「動物」類，包含「鱗介」、「蟲」、「禽鳥」、「獸」等類的情節單元。此大類與金先生《索引》的編排最爲接近，是最無變更的類目，僅在細目中增加金先生《索引》中未出現的動物：蚖、鴿子、獅。唯《六度集經》中出現的動物種類仍是有限，不及金先生《索引》編列的類目之數。

　　（五）本文將四十六類中的「鬼神」類二分爲「鬼（含「魔」）」、「神」，又將「佛教」一類增改爲「佛」、「佛教修行與教化」、「佛教器物、法術及其他」三大類，分別安排如下：

〔註13〕詳見本論文附錄一：〈《六度集經》故事情節單元分類索引〉。

〔註14〕〈小兒聞法即解經〉，書同註1，頁35b～36a。

鬼、魔
　鬼
　魔

神
　神
　神與人（包含：人與神、神與人、神人通婚、神的試驗、神助人、
　　神害人、神祐人、神欺人、神罰人、神贈物）
　神與動物
　變形（包含：神變人、神變動物、神變形後，再變回原貌）
　神藥
　山神
　海神
　樹神
　神與佛

佛
　菩薩
　佛（包含：成佛前為太子時、佛、相貌）
　佛與人（包含：佛與人、佛渡人）
　佛與神

佛教修行與教化
　布施（供養）（包含：人的布施、動物的布施、布施對象、其它）
　持戒
　忍辱
　精進、苦行
　禪定
　智慧（明）
　佛法教化
　輪迴
　果報（包含：布施果報、守戒果報、果報、罪報、福報）

佛教器物、法術及其他
　法術

　　神通

　　預言

　　建築物（佛塔）

　　器物（寶物）〔註15〕

所以將「佛教」一類析而為三，乃因本經之故事，本是以佛教教化為目的，故事中常敘述人或動物遵行菩薩道的特殊行為表現，如布施、持戒、忍辱、精進、禪定、智慧的修行；也有輪迴觀念，果報思想的表述等，故而「佛教修行與教化」獨立為類，有助於展現本經之特性。又「佛教器物、法術及其他」類的情節單元，不一定是專指「佛」本身所表現出來的行動，如「神通」一項編列有：

　　太子（案：指釋迦牟尼未成佛之前為悉達多太子時的身分）具天眼

　　　通 76

　　佛以天耳聞人所言 86

　　修道者有天眼 43

　　修道者有神足 6、43

　　修道者具五通智 6、80、81〔註16〕

　　修道者腳放光芒現神足 22

以上天眼、天耳、神足等神通，有的說是佛所具有，有的說是修道之人所具備，若將佛的神通納入「佛」一類之下，則須另立一類來收納修道人的神通。若將修道人的神通納入「佛」中，該情節單元與「佛」的類目便不能全然相符。因此另歸一類「佛教器物、法術及其他」，涵蓋佛教相關的法術、器物等類之情節單元。則「佛」類便是單獨收錄與「佛」相關，包含佛成佛前為悉達多太子時，及經中少見的有關文殊師利菩薩之情節單元。

　　整編後的《六度集經》情節單元十大類別，對金先生的四十六類有所縮減，但大部分是將四十六類中性質相同的情節單元再彙集成一大類，因此僅編出有十大類。這些類別包含的類目雖然不及《六朝志怪小說情節單元分類索引（甲編）》編列的類別之廣，但兩者相較，大致皆可對應出相應的類別。其中佛教相關的三個類別，未嘗不可再歸併為「佛與佛教」。本文析以為三，主要是為了想突顯這個分類的對象來自一部佛典，以見本經故事的題材特色。

〔註15〕同註13。

〔註16〕同前註。

第二節　從情節單元看《六度集經》故事之選材

前節歸納《六度集經》故事情節單元為十大類別，各類收錄的數量分別是：「天地水火」類，二十五條；「人」，一百八十六條；「鬼、魔」類，十三條；「神」，七十五條；「佛」，三十七條；「佛教修行與教化」類，一百二十五條；「佛教器物、法術及其他」，十七條；「動物」類一百二十七條；「植物」類，十條；「用品、器物」類，十一條。由此可知本經故事情節單元數量最多的前三項類別是：「人」、「動物」、「佛教修行與教化」。而由這些情節單元，可推得《六度集經》故事在選材上的幾點特色：

一、佛教題材之偏重

本文為情節單元作分類時，依《六度集經》故事的特性編有「佛」、「佛教修行與教化」與「佛教器物、法術及其他」等與佛教相關的情節單元類別，已知「佛教修行與教化」類的情節單元數量居本經所有類別中的第三高，若再加上「佛」與「佛教器物、法術及其他」，則與佛教相關的情節單元共有一百七十九條，僅次於「人」一類的情節單元。

在故事敘述中，這類情節單元主要表現在以下幾點上：

（一）描述佛異於常人的容貌

故事中若有佛的出現，通常對佛的容貌會有較奇特且深刻的描述，如第三十六則〈長者本生〉講佛的相貌是「容色紫金，項有日光」〔註 17〕；第六十四則〈佛以三事笑經〉，敘述佛與弟子在市集中聽到賣魚老翁的埋怨，當時佛有感而笑，結果是「口光五色」〔註 18〕；第七十七則〈太子得禪〉，敘述悉達多太子在樹下坐禪成佛，當時佛的相貌是「身有三十二相，紫磨金色，光明奕奕，過月踰日，相好端正，如樹有華」〔註 19〕等，如此突顯佛異於常人的與眾不同。

（二）佛教神奇人物及其在故事中的特殊行為描寫

《六度集經》故事的佛教人物有菩薩與佛。菩薩在故事中，大部分是釋迦牟尼佛前世身分的代稱，佛也專指釋迦牟尼佛；不過亦有文殊師利菩薩，及釋迦牟尼之前的佛的出現。因此主角釋迦牟尼前世的故事有佛教神奇人物

〔註17〕〈長者本生〉，書同註 1，頁 19c～20b。
〔註18〕〈佛以三事笑經〉，書同註 1，頁 35a～b。
〔註19〕〈太子得禪〉，書同註 1，頁 42a～b。

的出現，故事也就會敘述這些人物以諸種神力與主角有所互動。如第七十二則〈然燈授決經〉，敘述釋迦牟尼前世為女人時，自己從高處跳下，想要犧牲生命以求道，所以有「佛化地柔軟，令墜者無傷」〔註20〕的情節，這裡的「佛」指的就是其他的佛；第七十九則〈常悲菩薩本生〉中，佛受常悲菩薩追尋正道的決心所感動，所以有「佛在人的夢中說法」、「佛與人言」〔註21〕之情節出現，而這裡的「佛」同樣也是指其他佛，「常悲菩薩」則是釋迦牟尼佛的前生身份。

（三）菩薩道的修行行為

本經以宣揚「布施」、「持戒」、「忍辱」、「精進」、「禪定」、「智慧」六度菩薩道的修行與教化為目的，經中故事自然圍繞著「六度」發展，故而有較大部分的敘述偏重在表現特殊的菩薩道修行之行為。如：第四則〈菩薩本生〉故事，敘述菩薩「捨身餵虎」的布施行情節〔註22〕；第二十八則〈鸚鵡王本生〉故事，描述「鸚鵡說佛戒律」的持戒行為〔註23〕；第四十三則〈羼提和梵志本生〉，言梵志「受斷肢、截耳鼻，不興惡念」的忍辱之行〔註24〕；第五十四則〈凡人本生〉，言菩薩「布針刺身求聞佛法」的精進苦行之行為〔註25〕；第八十四則〈儒童受決經〉的故事，敘述菩薩「以禪定力搬運土石」的禪定神力〔註26〕；第八十三則〈菩薩以明離鬼妻經〉，描述菩薩有空之智慧，所以「心念無常，鬼魅消滅」〔註27〕。關於六度行的相關情節單元，下文討論六度取材時還會談到。

（四）因果報應的描述

由於佛教特別注重業力論，所以故事中敘述的佛教題材，還有將輪迴與因果報應的觀念具體表現在故事中的現象。如第七十則〈彌勒為女人身經〉的故事，敘述「父轉生作子」、「牛轉生作飼主之子」〔註28〕等的輪迴之情節。

〔註20〕　〈然燈授決經〉，書同註1，頁38c～39a。

〔註21〕　〈常悲菩薩本生〉，書同註1，頁43a～c。

〔註22〕　〈菩薩本生〉，書同註1，頁2b。

〔註23〕　〈鸚鵡王本生〉，書同註1，頁17c。

〔註24〕　〈羼提和梵志本生〉，書同註1，頁25a～c。

〔註25〕　〈凡人本生〉，書同註1，頁32a～b。

〔註26〕　〈儒童受決經〉，書同註1，頁47c～48b。

〔註27〕　〈菩薩以明離鬼妻經〉，書同註1，頁47b～c。

〔註28〕　〈彌勒為女人身經〉，書同註1，頁37b～38a。

又如第五十三則〈釋家畢罪經〉，有「前世允人斬魚首，今世獲殃得首疾」的罪報情節〔註29〕；第八十二則〈遮羅國王經〉，敘述「前世慈心供養沙門，今世生得姣好面貌」的福報情節〔註30〕。

（五）有關佛教法術、神通等的描繪

有些篇章，又出現「法術」、「神通」、「預言」、「佛塔」、「寶物」等佛教的神奇事物。如匯合天眼、神足、天耳、他心、宿命的五通智，見於第六則〈國王本生〉〔註31〕、第四十三則〈屬提和梵志本生〉〔註32〕、第八十則〈那賴梵志本生〉〔註33〕；又如「飛金輪力、白象、紺色馬、明月珠、玉女妻、聖輔臣、典兵臣」等輪轉聖王七寶的出現，見於第三十九則〈頂生聖王經〉〔註34〕、第八十五則〈摩調王經〉〔註35〕。

《六度集經》是一部佛教典籍，理應以關於佛教的人事物爲敘述重點。今藉由情節單元的具體分析，更可看出經中故事對佛教題材的偏重，從而見故事吸納於佛教典籍中相關宗教情境的展現方式。

二、「六度」取材之比較

《六度集經》與佛教相關的情節單元共有一百七十九條，其中和「六度」有關的，本文收入「佛教修行與教化」類中，共有八十一條，佔了本經佛教類情節單元的百分之四十五強，是所有佛教類別情節單元數量的最大宗。今依次以「布施」、「持戒」、「忍辱」、「精進」、「禪定」、「智慧」爲別，將其情節單元羅列於下：

布施（供養）

人的布施

布施身軀

人投海餵魚 3

捨身命濟貧者（隨貧者至仇家，使得賞金） 10

〔註29〕〈釋家畢罪經〉，書同註1，頁 30b～32a。
〔註30〕〈遮羅國王經〉，書同註1，頁 46b～47b。
〔註31〕同註5。
〔註32〕同註24。
〔註33〕〈那賴梵志本生〉，書同註1，頁 43c～44b。
〔註34〕〈頂生聖王經〉，書同註1，頁 21c～22b。
〔註35〕〈摩調王經〉，書同註1，頁 48b～49b。

捨身為奴 13

捨身為婢 13

捨身餵虎 4

割肉餵鷹 2

布施頭顱

布施頭顱 5

國王自刎，使貧者以其首換賞金 11

布施人

布施子女 14

布施妻子 14

布施美女 16

布施國土

太子讓國（王死，讓國而去）12

布施國土 6

國王讓國 10、11（鄰國入侵，國王讓國）、12（兄歸，弟讓國還兄）、45（舅王入侵，國王讓國）

布施財寶物品

布施田宅 14、15

布施衣物 14、15、23、16

布施車子 14、16

布施車馬 6、12、15

布施金鉢銀粟、銀鉢金粟 16

布施財寶 1、6、7、12、14、15

布施馬 14、16

布施象 14、16

布施飲食 6、12、14、15、23

布施藥物 6、8、15、23

國王散盡國庫財寶行布施 81

貧者供養菜糜草蓆 16

隨民所願皆予布施 22

動物的布施

孔雀布施神藥 19

鸚鵡說佛戒律 28

守戒果報

國王戒殺行仁，舉國得福報 56

遵行佛戒，脫離海難 32

忍辱

受人唾罵、擲土石而不興惡念 41

受斷肢、截耳鼻，不興惡念 43

蛇稱頌忍辱之德 47

無辜受杖楚、拷打，不興惡念 48

養子被拋棄，反而心念三寶，慈心對待雙親 44

龍受術士降服，忍痛不興惡念 49

獼猴被殺，不懷怨恨 46

精進、苦行

女子捐身求道 72

布針刺身求聞佛法 54

頭頂燃燈 23

犧牲自己，救度眾生

船難中，犧牲自己，救度眾生 66

魚王犧牲自己救群眾 59

鹿王犧牲自己救群眾 56

戰爭時，犧牲自己，換眾生之命 53

獼猴王犧牲自己救群眾 55

禪定

入禪定，不聞其它聲響——78（定中不聞車隊經過之聲）

　　　　　　　　　　　　——78（定中不聞雷電霹靂之聲）

以禪定力搬運土石 84

定中得知事實真相 6

修道者定中得菩薩道 36

菩薩定中，修得成佛 77

菩薩定中，得宿命通 77

智慧（明）

　　心念無常，鬼魅消滅 83

　　心念無常，得見諸佛 83

以上關於六度的情節單元，「布施」類有四十九條，「持戒」類有八條，「忍辱」類有七條，「精進」類有八條，「禪定」類有七條，「智慧」類有二條。數量最多者爲「布施」類情節單元，其他五度的情節單元數量總合，尚不及「布施」類之數。

　　「布施」類的情節單元所以較其他五度爲多，可從本經各度收錄的故事篇數看出端倪。《六度集經》八卷的內容中，〈布施度〉一項即囊括卷一至卷三共二十五則的故事篇數，其他五度篇幅都只各佔一卷，故事篇數分別是〈戒度〉十五則；〈忍辱度〉十三則；〈精進度〉十九則；〈禪度〉六則〔註36〕；〈明度〉九則。因此〈布施度〉故事數量較多，全經述及「布施」的情節單元數量也就相對較多了。

　　其次則是因爲「布施」常經由具體的行爲表現在故事中，因此敘述也就較明確，如第二十則〈兔王本生〉描述的動物布施情節，其故事大致是：

　　　　從前有一個梵志，已有一百二十歲，居住在山中，懷有仁德高行，禽獸都樂於歸附。當時有狐狸、水獺、獼猴、兔子四隻野獸長年供養梵志，並聽其經義教化。由於住了一段時日，山中食物將要吃盡，梵志想遷移到樹菓較豐富的地方。四隻野獸擔心梵志離去後將無從聽道，便各自去尋找食物來供養梵志，希望能將梵志留下。於是獼猴取得菓實；狐狸變爲人，得到一囊的蜜；水獺抓到一條大魚。兔子心想：凡有生命，就會有死，身軀只是一個朽物，應當將自身捐獻給梵志。因此取來柴薪，起火燃燒，然後對梵志説：我的身軀雖然小，但是可供您一日之食。説完就投身火堆之中。這時火卻突然熄滅。梵志受到兔子的誠心所感動，於是繼續留了下來。〔註37〕

本則故事的情節單元有「禽獸歸附修道者」、「狐供養修道者」、「水獺供養修道者」、「獼猴供養修道者」、「兔子供養修道者」、「狐聽經」、「水獺聽經」、「獼猴聽經」、「兔子聽經」、「狐變爲人」、「兔子作人語」、「兔子捨身供養修道者」、

〔註36〕〈禪度〉一卷收錄篇數有八章，扣除兩章非故事性敘述的禪定之解説，實有故事篇數爲六則。詳參本文第二章第二、三節。

〔註37〕〈兔王本生〉，書同註1，頁13c。

「賢者入火，火自熄滅」，其中具體的布施行為有「狐供養修道者」、「水獺供養修道者」、「獼猴供養修道者」、「兔子供養修道者」、「兔子捨身供養修道者」五項，編列在上述「動物的布施」類別之下。

　　至於其他五度的情節單元，已提取者是較具體的特殊菩薩六度行之行為，如「持戒」類的「鴿子說佛戒律」〔註38〕，直接說到戒律的宣講；「禪定」類的「入禪定，不聞其它聲響」〔註39〕，直接說到禪定的功效；及「智慧」類的「心念無常，鬼魅消滅」〔註40〕，直接說到空無的般若智慧等。但是有些篇章敘述的菩薩行行為表現不直接明確，或者是由故事所述事件加以引申才能了解其含有「六度」的意義，如〈戒度〉的〈童子本生〉便是意在言外而未直接說與戒有關的故事敘述，其內容大致是：

> 從前菩薩是個平凡的少年，和他的舅舅一同做買賣。有一次到了別的國家，舅舅先渡水，在一個寡婦家休息。寡婦有個女兒，跟她媽媽說：「後面有個澡盤，可以拿來和他換白珠。」寡婦就把澡盤拿來給商人看。商人看出這是一個寶盤，卻假意把它丟到地上說：「髒了我的手！」然後就走了。少年後來才趕到，寡婦女兒又把澡盤拿出來給他看。少年說：「這真是個寶物，我用我所有的貨物跟你們換。」母女倆答應了。之後舅舅又回來，拿了少許的珠子要換澡盤。寡婦說：「有個善良的少年，用他所有的寶珠換了我的寶盤，還說他給的寶珠太少了。你不趕快離開，我就要拿棍子打你。」舅舅跑到水邊，呼天喊地、搥胸頓足的說：「還我的寶盤來！」結果一時性急，吐血而死。少年拿著寶盤趕來，看到舅舅已經死了，哽咽著說：「竟然貪心到丟了性命啊！」〔註41〕

此則故事宣揚的守戒之意為「戒貪」，然而所提取的情節單元是：「佯稱寶物是假，欲以低價購得」及「貪寶喪身」，前者編屬在人的「巧智、巧騙」類，後者編屬在「生命」類，皆不被編列在「持戒」類的項目中。之所以如此，是因為這則故事並不是在具體表現戒貪的行為，而是從反面敘述貪心的後果，將戒貪意義附含在「貪寶喪身」的情節裡。情節單元主要以行為、行動為核心，像這樣需做意義引申才能解悟的故事寓意，並未將寓意直接表現在

〔註38〕　出於第 62 則〈鴿王本生〉，書同註 1，頁 34a～b。
〔註39〕　出於第 78 則〈佛得禪〉，書同註 1，頁 42b～43a。
〔註40〕　出於第 83 則〈菩薩以明離鬼妻經〉，同註 27。
〔註41〕　〈童子本生〉，書同註 1，頁 19b。

故事情節中。依此類推，凡屬上述情況者，本文都不紀錄在「六度」類的情節單元中，故而提取的情節單元數量就較有限。

布施度的分量所以較高，應該還和布施行的道德意涵有關。布施的目的在於有益他人，而布施行爲最令人動容之處，在於「無相布施」，也就是無條件的、不爲其他目的而發的施予。在講求階級劃分、利益交換的人類社會裡，這種類似儒家所謂「非所以要譽於鄉黨朋友也，非惡其聲而然也」的不求回報之善行〔註42〕，最易爲人所傳頌。因此佛本生故事多取布施以敘佛前生事，一方面符合了視身家性命爲緣起性空而能捨己爲人的佛教教義，一方面也適應了社會大眾對道德理想的想望，讓佛教在印度階級森嚴的種姓社會裡入人更深，傳播益遠。康僧會編譯《六度集經》時，採用格義方式譯經，使得經中參雜了儒家思想。〔註43〕可能也和這一點有關。

綜上所述，由於布施行爲比較易於具體化爲故事敘述，且布施行的道德理想最易感動人心，又因爲故事篇數較多，故《六度集經》在六度的取材比重上，以「布施」類爲最多，情節單元數量也就高於其他五度。而收錄在〈戒〉、〈忍辱〉、〈精進〉、〈禪〉、〈明〉等五度中的故事，並不一定篇篇都能從表面的文字敘述提取出特殊、罕見的具體菩薩行行爲，其意義常隱含在故事中，而無法直接提取出和五度題意直接相關的情節單元，也因此情節單元數量就更減少了。

三、《六度集經》情節單元中的人物

《六度集經》有依人物身分而提取的情節單元，編列爲「小兒」、「修道者」、「國王」、「貧者」四項，歸於「特定人物」的類別中，此四項收錄的情節單元分別有：

小兒

小兒的異能

七歲小兒刪定脫誤經文 65

小兒甫生，即又手長跪，口誦佛經 65

〔註42〕《孟子·公孫丑上》，見宋·朱熹：《四書章句集註》（台北：鵝湖出版社，民國 73 年 9 月），頁 237。

〔註43〕關於六度集經中的儒家思想，參張谷洲：《康僧會《六度集經》思想之研究》（台北：淡江大學中國文學系碩士論文，民國 88 年 6 月），頁 94。

遊歷他界

　　國王乘天神車馬遊歷天界 85

　　國王乘天神車馬遊觀地獄 85

巧智

　　假言信佛有罪，尋找真心信佛之人 26

布施

　　國王布施國土 6

　　國王布施頭顱 5

　　國王自刎，使貧者以其首換賞金 11

　　國王捨身命濟貧者（隨貧者至仇家，使得賞金）10

　　國王捨身為奴 13

　　國王割肉餵鷹 2

　　國王散盡國庫財寶行布施 81

　　國王隨民所願皆予布施 22

　　國王讓國 10、11（鄰國入侵，國王讓國）、12（兄歸，弟讓國還兄）、45（舅王入侵，國王讓國）

果報

　　王者出遊驚眾，死入地獄受罪 37

　　國王戒殺行仁，舉國得福報 56

　　國王為惡，致兇鬼作亂 53

　　國王布施，舉國得福報 5、7、15、57

貧者

　　貧人以死鼠經商致富 21

　　貧人在船難中被拋棄，結果是唯一生還之人 32

布施

　　貧人投海餵魚 3

　　貧者供養菜糜草蓆 16

持戒

　　貧者不貪非份之財 31、33

　　以上情節單元所以將人物一併提出，而專門編成一類，有的是因為人物之存在，更顯出該情節的不尋常之處，如「小兒」類中有「七歲小兒刪定脫

誤經文」〔註44〕、「小兒甫生，即叉手長跪，口誦佛經」〔註45〕。一般而言，依人之年齡而有相應的行為表現，是極尋常之事，但某一行為動作若是超出該年齡層所能做到的，就成了不尋常的行為，所以以七歲小兒的智力條件，而能刪定脫誤經文，就是不尋常的事件；以初生小兒的條件，而能叉手長跪，口誦佛經，這顯然也是一種特殊而不尋常的行為。

又有的人物之提出，是因為情節本身必須有此等特定人物始能成立，如「國王戒殺行仁，舉國得福報」〔註46〕，國王的行為，影響會擴及全國，此與民眾固有的觀念有關，因此舉國的福報是由具有影響力的國王之行為所庇蔭的；又如「國王讓國」〔註47〕的情節，能讓國者必須有國，其人物當然是國王；「修道者定中得菩薩道」〔註48〕，有修道者修禪的行為，才有定中得菩薩道的結果。上述諸例都顯示人物與情節有必然關係，無此特定人物即無此情節，因此本文將人物獨立，彙集成「特定人物」一類。

這些特定人物情節單元的收錄，總計「小兒」類有四條，「修道者」一類有十三條，「國王」類有二十三條，「貧者」有五條，從數量的比對可知，《六度集經》故事最常運用到與國王相關的題材，它們大多表現國王的布施行為，如「國王布施頭顱」〔註49〕；國王言行的不尋常反應，如「國王心有所欲，天從其願」〔註50〕；也有國王奇特的經歷，如「國王乘天神車馬遊歷天界」〔註51〕；及國王所作所為的果報，如「王者出遊驚眾，死入地獄受罪」〔註52〕等。

其次，人物之身分還可與菩薩行布施之行為合併比較。以下茲先羅列布施類之情節單元，並補入進行該行為的布施者之身分別，然後作論述：

〔註44〕 出於第 65 則〈小兒聞法即解經〉，同註 14。
〔註45〕 同前註。
〔註46〕 出於第 56 則〈鹿王本生〉，書同註 1，頁 32c～33a。
〔註47〕 出於第 10 則〈長壽王本生〉，書同註 1，頁 5a～6a。第 11 則〈波耶王經〉，同註 3。第 12 則〈波羅榛國王經〉，書同註 1，頁 6c～7a。第 45 則〈國王本生〉，書同註 1，頁 26c～27b。
〔註48〕 出於第 36 則〈長者本生〉，同註 17。
〔註49〕 見第 5 則〈乾夷王本生〉，書同註 1，頁 2b～c。
〔註50〕 見第 39 則〈頂生聖王經〉，同註 34。
〔註51〕 見第 85 則〈摩調王經〉，同註 35。
〔註52〕 見第 37 則〈太子墓魄經〉，書同註 1，頁 20b～21a。

布施身軀

　人（貧人）投海餵魚 3

　（國王）捨身命濟貧者（隨貧者至仇家，使得賞金）10

　（國王）捨身為奴 13

　（王妃）捨身為婢 13

　（修道者）捨身餵虎 4

　（國王）割肉餵鷹 2

　兔子捨身供養修道者 20

　魚自躍出水供人食，以救人飢饉 3

　象布施自身象牙 27

布施頭顱

　（國王）布施頭顱 5

　國王自刎，使貧者以其首換賞金 11

布施人

　（王太子）布施子女 14

　（王太子）布施妻子 14

　（修道者）布施美女 16

布施國土

　太子讓國（王死，讓國而去）12

　（國王）布施國土 6

　國王讓國 10、11（鄰國入侵，國王讓國）、12（兄歸，弟讓國還兄）、
　　45（舅王入侵，國王讓國）（參「國王」）

布施財寶物品

　孔雀布施神藥 19

　水獺以魚供養修道者 20

　布施田宅 14（王太子）、15（國王）

　布施衣物 14（王太子）、15（國王）、23（修道者）、16（修道者）

　布施車子 14（王太子）、16（修道者）

　布施車馬 6（國王）、12（國王）、15（國王）

　（修道者）布施金鉢銀粟、銀鉢金粟 16

布施財寶　1（修道者）、6（國王）、7（國王）、12（國王）、14（王太子）、15（國王）

布施馬 14（王太子）、16（修道者）

布施象 14（王太子）、16（修道者）

布施飲食 6（國王）、12（國王）、14（王太子）、15（國王）、23（修道者）

布施藥物 6（國王）、8（商人）、15（國王）、23（修道者）

兔子供養修道者 20

狐以蜜供養修道者 20

國王散盡國庫財寶行布施 81

貧者供養菜糜草蓆 16

（國王）隨民所願皆予布施 22

獼猴以果供養修道者 20、81

布施對象

（修道者）布施虱子七日之食 25

布施食物給飛禽走獸等動物 15（國王）、23（修道者）

布施貧乏者 8（商人）、24（國王）

（國王）布施鹿群，恣鹿所食 57

（國王）布施獼猴，恣猴所食 55

（國王）布施鰥寡 6

其它

人行布施（善行）驚動天神 1（修道者）、2（國王）、6（國王）

（商人）舉債借貸行布施 8

上列所見故事中提到行布施行者的身分及出現次數為：國王，出現二十一次；修道者，十三次；太子，出現十次；商人，三次；貧人，兩次；王妃，出現一次。而亦有動物類之兔子兩次，魚、象、孔雀、水獺、狐、獼猴各出現一次。描述最多的還是國王的布施行為。至於布施之物，從生命、身軀、人，推及到金銀財寶、田園屋舍、飲食衣物等皆有所見。

各類人物到底布施了什麼，依情節單元所述，國王、王妃的布施有生命、身軀、王位、國土、田宅、財寶、車馬、飲食、藥物等物；王太子的布施，有王位、妻子兒女、田宅、車馬、財寶、飲食、衣物等；修道者布施之

物有身軀、人、衣物、車、糧食、金銀、藥物等；商人布施藥物；貧人布施身軀、茱麋草蓆。而動物的布施或供養則有兔子布施身軀；魚布施身軀；象布施象牙；孔雀布施神藥；水獺供養魚；狐供養蜜；獼猴供養果子。在這些布施內容中，最常見到的是「布施身軀、生命」，王者、修道者、貧人、包含動物之魚、兔子等，都有犧牲生命以行布施的情節表現。此等情節所以不尋常，出於能為他人犧牲生命的特殊行動。身軀生命為眾生所最難捨棄。難捨而能捨，就顯現了菩薩行的可貴之處。國王貴為一國之尊，其身軀生命為眾人所仰望呵護，因此國王若能捨生，就更顯難能。除了布施生命之外，通常布施物的安排，與布施者身分也都是息息相關的。國王資財豐富，所以安排飲食衣物、金銀財寶、屋舍、國土等確實可行之布施；反之若安排貧人布施財寶、國土，則布施內容與人物身份將不能協調。是以修道者施糧、施人、施衣，商人施藥，貧人施茱麋草蓆，水獺施魚，猴子施果等，布施者與布施物皆能相符相應。

總結《六度集經》的故事，常能善用人物之特性，營造出與之相應的故事情節，從而突顯其吸引人之處。而這些人物之取材最常見到的是與國王相關的情節，包括布施行為的情節單元，以及與特定人物相關的情節單元，都以國王出現的數量佔最多。另外在行布施行的人物討論中，出現的身分從國王、太子、修道者、貧人，到兔子、獼猴、象等動物都有，這些布施者皆能依其身分與能力，在故事中表現出對等的布施行為，可見故事在人物相關細節安排上的用心。

四、動物類情節單元及其選材

《六度集經》動物類的情節單元別有動物、鱗介、蟲、禽鳥、獸五項類目，收錄本經所出現與動物相關的情節單元。本經編列的情節單元總數有六百二十六條，動物類的情節單元就有一百二十七條，僅次於「人」一類的數量，佔所有情節單元總數的百分之二十點三，足見動物相關的情節在《六度集經》故事敘述時，運用頗多。則所有出現的動物之種類，及其提取的情節單元數量可得如下：

《六度集經》故事中的動物種類與數量

種　　類	動　物　別	情節單元數量
動物		二
鱗介	龍	二十一
	蚖	一
	蛇	七
	龜	五
	鼈	二
	魚	十
蟲	蜜蜂	一
禽鳥	鳥	二
	鵠鳥	二
	孔雀	六
	鸚鵡	六
	烏	三
	雀	二
	鷹	一
	鴿子	五
獸	象	九
	鹿	十二
	虎	一
	狐	四
	彌猴	十
	水獺	二
	馬	五
	牛	二
	羊	一
	兔子	四
	獅	一
總數（單位）	26（種）	127（條）

依數字統計，在《六度集經》八十七則故事，一百二十七條動物類的情節單元中，出現了二十六種的動物。其中與「龍」相關的情節單元數量是所有動物中最多的，有二十一條，約佔總數的百分之十六點五；其次是關於「鹿」的情節單元，共有十二條，約佔百分之九點四；又次則是「魚」和「獼猴」，都各有十條，分別佔有百分之七點九。這四種動物的情節單元，囊括總數的百分之四十一點七，佔有五分之二強；其餘的五分之三弱，是由二十二種動物共同組成，因此龍、鹿、魚、獼猴是故事中最常選用的動物角色。

此外，動物在故事中的情節表現方式，有些是描述動物特性的靜態情節單元，較多的是動態的特殊行為動作，表現在動物本身之行為、或是動物與動物、動物與人、神與動物等數種不同類別中。以下打散〈索引〉依動物之別歸屬的情節單元，而以動物情節的表現方式另行分類，以便從另一角度作觀察：

動物的特性

　　九色鹿 57

　　五色鹿 17

　　六牙象 27

　　巨大毒蛇──9（遠城七匝）、9（遠城十四匝）、9（遠城二十一匝）

　　巨魚，身長數里 3

動物的行為

　動物與動物

　　孔雀娶青雀為妻 19

　　蚖見龍之變化，受驚嚇而無知覺 47

　　動物連環傷害──蜈蚣自投墜象耳，象驚奔馳踏傷龜 60

　　雀醫虎疾 50

　　魚王救眾（魚首倒植泥中，以尾舉網，使魚群得出網羅）59

　　鹿王救眾（使鹿群登其身，躍出險境）56

　　鹿王救鹿受重傷，鹿群採藥治鹿王 56

　　鹿與鳥為友 57

　　獅象聯合鬥惡龍 69

　　落難獼猴謊稱肝懸於樹，讓想吃猴肝的水中鼈再載其上岸 35

龍鳥相戰 45

獼猴王救眾（猴王身繫短藤攀附樹枝，救度受困猴群逃離險境）
　55

鸚鵡王乘坐竹莖，鸚鵡眾銜之而飛 61

鸚鵡圍繞鸚鵡王而飛 61

個別動物行為

大象威猛，以一敵眾 14

孔雀誦呪之水可治病 19

巨魚身肉被吃數月，性命猶存 3

母鳥（鵲鳥）裂己肉餵子 18

虎毒欲食子 4

烏龜預知危險 60

神魚撞船，使船翻覆 38

馬能飛 58

馬悲鳴流淚 76

魚流眼淚 3

鹿流眼淚 17

象因貪嫉，生氣致死 27

龍七日不食，不覺飢渴 77

龍作毒霧 45

龍使物發光，飛於空中 49

龍臥之處，夜間如燈火通明 49

龍現神威，震天動地，興雲降雨 47

龍興風雨 45、77

龍興雷電 45、69

鴿秤重時能自增重量 2

獼猴取石作橋以渡海 45

籠中鴿子，節食瘦身，鑽出籠隙脫逃 62

籠中鸚鵡，節食瘦身，鑽出籠隙脫逃 28

鸚鵡王佯死試眾心 61

動物變形
　狐變爲人 20
　蛇變爲龍（龍先變爲蛇，再變回龍）47
　龍變形
　　化爲電 45
　　變五頭龍 49
　　變爲人 45、49、77
　　變爲蛇 47、49
　　變爲鳥 49
動物作人語
　孔雀作人語 19
　兔子作人語 20
　鳥作人語 48
　馬作人語 36、58
　蛇作人語 48
　鹿作人語 17、56、57
　象作人語 27
　龍作人語 49、77
　龜作人語 49
　鴒作人語 2
　獼猴作人語 45、46、55、81
　鷹作人語 2
　鱉作人語 24
動物修行佛法
　孔雀說佛理 19
　水獺聽經 20
　兔子聽經 20
　狐聽經 20
　蛇具慈悲心 47
　蛇稱頌忍辱之德 47
　雀說經道 50

魚吃素 59

魚信佛 59

鹿念佛 17

象知佛法 27

蜜蜂說偈 63

龍受術士降服，忍痛不興惡念 49

鴿子念佛 62

鴿子說佛戒律 62

獼猴被殺，不懷怨恨 46

獼猴聽經 20

鸚鵡信佛 28、61

鸚鵡說佛戒律 28

動物與人

人心存善念，感化毒蛇 9

人助猴作戰，奪回猴王之位 45

人乘龜墜崖，神祐俱無傷 12

人與龍結婚 49

大魚覆船吞人 32

牛轉生作飼主之子 70

百鳥悲鳴送別賢者 14

把假裝會淹死的烏龜丟進河裡作為處罰 49

身塗蜂蜜，誘捕孔雀 19

烏龜假冒使節臣，代人向龍言姻緣 49

術士降龍 49

魚死靈魂轉生為人 3

鹿王代鹿供人食 17

鹿自願供人食 17、56

鹿舔人尿而生女嬰 22

象以德報怨——人射象取牙，象令其急去，勿為象群所傷 27

象轉生為女子 27

禽獸歸附修道者 20、42

　　靜態的情節，有毛色與眾不同的「九色鹿」〔註53〕，比一般大象還多出四牙的「六牙象」〔註54〕，還有身軀巨大、身長數里的「巨魚」〔註55〕等。這些動物，或是體型碩大，或是毛色與眾不同，與普通所見的動物就有了區別，故而故事裡多是以動物王尊之。同時也利用動物的奇特模樣，彰顯動物之不尋常，從而引出故事裡不尋常的行為。

　　至於動物動態行為的情節單元，則可歸納幾種較常運用的情節表現方式：

（一）展現動物的慧根

　　佛家說：眾生皆有佛性。這在《六度集經》的動物敘事中展露無疑。其用以展現動物佛性的方式有：「鹿念佛」〔註56〕、「孔雀說佛理」〔註57〕、「魚吃素」〔註58〕等。大乘佛教特別強調眾生皆有佛性的概念，而本生經典比大乘佛教思潮產生還要早。因此可以說佛本生故事裡的動物本生，是後來大乘佛學強調動物佛性觀念的思想淵源之一。

（二）動物的變形

　　上述有關動物變形的情節有七條，其中與龍有關的就佔了六條。因此本經的「動物變形」，主要是表現在龍的行為動作上。而所變之形，則遍及人、動物與自然界的現象，如「龍變為人」〔註59〕、「龍變為鳥」〔註60〕、「龍化為電」〔註61〕等。

（三）動物王營救動物的行為

　　《六度集經》常見有動物王營救同一族群諸動物的情節安排，如第五十五則〈獼猴王本生〉，故事中猴王帶著猴群誤入國王的花園裡採果子，被圍困在花園中，因此有「獼猴王救眾——猴王身繫短藤攀附樹枝，救度受困猴群

〔註53〕見第 57 則〈修凡鹿王本生〉，書同註 1，頁 33a～b。
〔註54〕見第 27 則〈象王本生〉，書同註 1，頁 17a～b。
〔註55〕見第 3 則〈貧人本生〉，書同註 1，頁 1c～2b。
〔註56〕見第 17 則〈鹿王本生〉，書同註 1，頁 12b～13a。
〔註57〕見第 19 則〈孔雀王本生〉，書同註 1，頁 13a～b。
〔註58〕見第 59 則〈魚王本生〉，書同註 1，頁 33c。
〔註59〕見第 45 則〈國王本生〉，同註 47。第 49 則〈槃達龍王經〉，同註 7。第 77 則〈太子得禪〉，同註 19。
〔註60〕見第 49 則〈槃達龍王經〉，同註 7。
〔註61〕見第 45 則〈國王本生〉，同註 47。

逃離險境」的情節〔註62〕；第五十九則〈魚王本生〉，敘述魚群被網羅網住，所以有「魚王救眾──魚首倒植泥中，以尾舉網，使魚群得出網羅」的情節〔註63〕。

（四）動物作人語

本經出現的二十六種動物中，有十三種動物，包含孔雀、兔子、烏、馬、蛇、鹿、象、龍、龜、鴿、鼈、鷹、獼猴都會「作人語」。這一情節必定發生在動物與人共同組成的故事敘事中。一般而言，動物和人說話的行為通常出現在文學作品，尤其是民間故事中，由此也可以看出本經故事受民間故事的影響之跡。

（五）動物布施的行為

關於動物布施行為的情節單元，通常是概言動物供養修道者，如「水獺供養修道者」〔註64〕、「獼猴供養修道者」〔註65〕。此外，另有動物犧牲自己布施身軀的義行，如「魚自躍出水供人食，以救人飢饉」〔註66〕、「象布施自身象牙」〔註67〕等。

（六）動物的救人行為與報恩行為

在人與動物的故事中，或安排有動物救人的情節，如「羊餵哺棄嬰」〔註68〕、「獼猴救谷中人」〔註69〕。又有動物報恩的情節，如「鼈報恩──告知洪水將至」〔註70〕、「蛇報恩──恩人受冤入獄，蛇咬傷太子，令恩人取藥治之而得免罪」〔註71〕。動物的救人，指該動物遇到人處於危難，主動伸出援手救助；動物報恩，則先是由人救了動物，之後人有危難，動物現身幫助人，使脫離困頓。故事裡出現這些情節單元時，有時又會隨附負面的情節，如「獼猴救谷中人」之後，人「恩將仇報──獼猴救人命，人殺猴為食」

〔註62〕〈獼猴王本生〉，書同註1，頁32b～c。
〔註63〕同註58。
〔註64〕見第20則〈兔王本生〉，同註37。
〔註65〕同前註。又見於第81則〈須羅太子本生〉，書同註1，頁44b～46b。
〔註66〕見第3則〈貧人本生〉，同註55。
〔註67〕見第27則〈象王本生〉，同註54。
〔註68〕見第44則〈童子本生〉，書同註1，頁25c～26c。
〔註69〕見第46則〈獼猴本生〉，書同註1，頁27b～c。
〔註70〕見第24則〈理家本生〉，書同註1，頁15a～16a。
〔註71〕同前註。又見於第48則〈摩天羅王經〉，書同註1，頁28a～c。

〔註 72〕；又如「蛇報恩」的情節，蛇所以有機會報恩，是因爲「人恩將仇報──誣陷恩人盜墓劫金」〔註 73〕。故事藉著人的無情與動物的有義作爲對比，以顯現動物行爲的不尋常。

　　綜上所述，《六度集經》故事提到的動物有二十六種之多，包含有獸類、禽鳥、鱗介、蟲，其中最常選用龍、鹿、魚、獼猴四種動物，以組成故事的情節發展。此外整體動物類情節的表現方式，常出現的題材有動物特殊樣貌的描述、動物慧根性的展現、動物的變形、動物王救眾、動物作人語、動物的布施、動物救人與報恩等，其中變形類情節有集中在「龍」的幻變表現上的現象，其他各類則不一定偏重在何種動物身上。

〔註 72〕 同註 69。
〔註 73〕 同註 70。

第四章　《六度集經》之故事類型及其流傳（一）

第一節　《六度集經》故事類型之訂定與分類

　　本文第二章從傳統「本生、佛傳、因緣」的角度對《六度集經》各個故事的特徵作了討論。第三章則不從單一故事，而是改從敘事單位的角度，將《六度集經》八十七則故事分析為六百二十六個情節單元，並且打散後重新歸納為類，由此綜合觀察了本經故事的敘事和取材特徵。以上兩章都屬於綜論性質，針對《六度集經》所有故事而發。以下四、五兩章，則將特別選取本經中的九個類型故事作討論，選取標準則在故事的是否能成為「類型」。關於故事類型的一般概念，本文第一章第三節論研究方法時已有說明，此不贅述。

　　《六度集經》的故事，有些在國際上已經流傳相當廣泛，阿爾奈（Aarne）和湯普遜（Thompson）在《民間故事類型》（*The Types of the Folktale*）一書的類型分類（簡稱 AT 分類）中，已見有相同故事的類型編號。今以此 AT 分類為依據，參照丁乃通《中國民間故事類型索引》、金榮華先生《民間故事類型索引（增訂本）》及德國・烏特（Hans-Jörg Uther）《國際民間故事類型索引》（*Types of International Folktales*）的分類編號成果，找出《六度集經》故事中之已成類型而有型號者做討論，旨在探尋這些故事異說之間的差別以及它們的流傳情況，從而比較佛經中的故事與流傳於一般民間的故事之異同。

　　依照上述各索引搜尋結果，《六度集經》故事目前已成類型的共有九則故事、八個類型，其篇章型號、類型名稱依序爲：

一、第二十一則〈理家本生〉（金鼠的故事），屬於型號 989「善用小錢成鉅富」〔註1〕。

二、第二十二則〈國王本生〉，屬於型號 707「狸貓換太子（三個金兒子）」〔註2〕。

三、第二十四則〈理家本生〉（財主和鼈的故事），屬於型號 160「動物感恩人負義」〔註3〕。

四、第三十五則〈兄（獼猴）本生〉，屬於型號 91「肝在家裡沒有帶」〔註4〕。

五、第四十四則〈童子本生〉，屬於型號 930「送信人福大命大（預言）」〔註5〕。

六、第四十八則〈摩天羅王經〉，與第二十四則〈理家本生〉的型號相同，爲 160「動物感恩人負義」。

七、第四十九則〈槃達龍王經〉，屬於型號 1310「處死烏龜投於水」〔註6〕。

八、第五十則〈雀王經〉，屬於型號 76「狼和鶴（替狼清喉反被噬）」〔註7〕。

〔註1〕 金榮華：《民間故事類型索引（增訂本）》（台北：中國口傳文學學會，民國103年4月），頁762。

〔註2〕 (1) Stith Thompson, *The Types of the Folktale* (Helsinki, Academia Scientiarum Fennica, 1981), pp.242~243. (2)丁乃通著、鄭建成等譯：《中國民間故事類型索引》（北京：中國民間文藝出版社，1986年7月），頁230～231。(3)書同註1，頁478～480。(4) Hans-Jörg Uther, *The Types of International Folktales* (FFC284-286), Helsinki, Academia Scientiarum Fennica, 2004, Vol.1, pp. 381~383.

〔註3〕 (1)書同註2之(1)，頁58～59。(2)書同註2之(2)，頁32～33。(3)書同註1，頁182～185。(4)書同註2之(4)，冊1，頁114。

〔註4〕 (1)書同註2之(1)，頁41。(2)書同註2之(2)，頁14～15。(3)書同註1，頁140～142。(4)書同註2之(4)，冊1，頁73～74。

〔註5〕 (1)書同註2之(1)，頁325～326。(2)書同註2之(2)，頁307。(3)書同註1，頁704～705。(4)書同註2之(4)，冊1，頁568～569。

〔註6〕 (1)書同註2之(1)，頁389。(2)書同註2之(2)，頁344。(3)書同註1，頁856～857。(4)書同註2之(4)，冊2，頁113～114。

〔註7〕 (1)書同註2之(1)，頁39。(2)書同註2之(2)，頁12。(3)書同註1，頁134

九、第八十七則〈鏡面王經〉，屬於型號1317「瞎子摸象」〔註8〕。

阿爾奈和湯普遜的《民間故事類型》，將民間故事分成「動物故事」、「一般民間故事」、「笑話」、「程式故事」和「難以分類的故事」等五大類〔註9〕。金榮華先生依照各類所收故事的特性，將「動物故事」與「笑話」修改爲「動植物及物品故事」和「笑話、趣事」。各大類之下又細分支類，比如「一般民間故事」又分「幻想故事（神奇故事）」、「宗教神仙故事」、「生活故事（傳奇故事）」、「惡地主與笨魔的故事」等四類〔註10〕。上述八個故事類型在五大類別中的歸屬如下：

屬於「動植物及物品故事」者有三：

76「狼和鶴」

91「肝在家裡沒有帶」

160「動物感恩人負義」

屬於「一般民間故事」之「幻想故事」者有一：

707「狸貓換太子」

屬於「一般民間故事」之「生活故事」者有二：

930「送信人福大命大」

989「善用小錢成鉅富」

屬於「笑話、趣事」者有二：

1310「處死烏龜投於水」

1317「瞎子摸象」

其中「動植物及物品故事」類，在本經中只出現動物類的故事，又兩則笑話故事，皆與動物相關，因此將「動物故事」與「笑話」類的五個類型故事列在本章節討論；至於「一般民間故事」的「幻想故事」與「生活故事」類三個類型之故事，則移於下一章中作論述。

～135。(4)書同註2之(4)，冊1，頁68～69。

〔註8〕(1)書同註2之(1)，頁392。(2)書同註2之(2)，頁346。(3)書同註1，頁860。(4)書同註2之(4)，冊2，頁120。

〔註9〕金榮華：《中國民間故事與故事分類》（台北：中國口傳文學學會，民國92年3月），頁9～10。

〔註10〕同註1，頁3，〈分類架構〉。

第二節　《六度集經》中之動物故事類型

一、「狼和鶴」（替狼清喉反被噬）

　　《六度集經》卷五〈忍辱度〉中的〈雀王經〉，是敘述雀鳥醫治老虎齒疾的動物故事，其內容是：

> 從前菩薩轉生爲雀王，對眾生存有愛護之心。一次，看到一隻老虎，吃了野獸之後，牙齒卡進了骨頭，因此生病而性命將不保。雀王看到這樣，就飛入牠的嘴巴，要幫牠把獸骨啄掉。骨頭啄出來後，老虎也醒了。雀王飛到樹上對老虎説起佛經：殺生是莫大的罪過，若別人殺了自己，豈會覺得快樂？應該遵行仁道，才有善報；若是兇殘暴虐，災禍就會跟著而來。老虎聽了雀王的話，生氣的説：你才剛剛從我的嘴巴脫離，還敢講那麼多的廢話。雀王看老虎實在是無法感化，不覺替牠感到憐憫，連忙飛走了。佛説：當時的雀王就是現在的我，而老虎就是現在的調達。〔註11〕

調達是釋迦牟尼的從弟，又譯提婆達多、地婆達多、調婆達多等，在佛本生的故事裡，常爲反面的人物。在本章及下一章所要討論的九則《六度集經》故事中，以調達爲反面人物的就佔了七則。這和釋迦牟尼在世時與調達的不合有關。印順《印度佛教思想史》撮述其事云：

> 在僧伽中，釋族與釋族關係密切的東方比丘，覺得佛法是我們的。釋尊的堂弟提婆達多，有了領導僧眾的企圖，但得不到釋尊的支持……因此，提婆達多索性與五百初學比丘，脫離佛法而自立教誡，説苦行的「五法是道」。在這破僧事件中，釋尊受到了石子打擊而足指出血。雖由舍利弗與目犍連説法，而使初學者回歸於佛法的僧伽，而教團分裂的不幸，將影響於未來。〔註12〕

可見調達會成爲佛教故事中的頭痛人物，是有其歷史因緣的。由於經中多見，故略作解釋如上。

　　這則〈雀王經〉的故事是說老虎吃了野獸，牙齒間卡進骨頭，後來雀鳥

〔註11〕〈雀王經〉，吳・康僧會：《六度集經》，見《正藏》（台北：新文豐出版公司，民國 72 年元月），冊 3（本緣部上），頁 29b～c。

〔註12〕印順：《印度佛教思想史》（台北：正聞出版社，民國 77 年 4 月初版），頁 15。調達擲石傷釋迦牟尼足指事，可參後漢・康孟詳譯：《佛説興起行經》卷下〈佛説地婆達兜擲石緣經〉，見《正藏》（同前註），冊 4（本緣部下），頁 170b～c。

幫老虎啄掉獸骨，又勸老虎不要再殺生，老虎卻不領情，罵走了雀鳥。編者將它收錄在〈忍辱度〉，用意在彰顯雀王忍受老虎惡言怒罵，又能慈心以對的態度；同時也從雀王對老虎所說的話，傳達了戒殺的教義。

　　在故事類型的編纂中，這樣一則故事屬於動物故事類，型號 76，類型名稱爲「狼和鶴」。此類型故事在世界各國流傳甚廣，早在古希臘時代，伊索著的《伊索寓言》中，就有〈狼和鷺鷥〉的故事〔註13〕。此外於芬蘭、愛爾蘭、德國、俄國等東歐地區，以及非洲、加勒比海〔註14〕、印度、西班牙〔註15〕、義大利〔註16〕等地〔註17〕都有流傳。

　　《六度集經》中既收有此故事，顯示我國最晚在三國吳、六朝初期就有這則故事流傳的跡象了。而佛教經典裡除了《六度集經》之外，姚秦・竺佛念翻譯的《菩薩瓔珞經》卷十一〈譬喻品第三十二〉〔註18〕、唐代義淨翻譯的《根本說一切有部毗奈耶破僧事》卷十五〔註19〕、《漢譯南傳大藏經》的《本生經》第三百零八則〈速疾鳥本生譚〉〔註20〕、《佛本生故事選》的〈速疾鳥本生〉〔註21〕都有「狼和鶴」型的故事。和《六度集經》〈雀王經〉稍有差異的是，這些故事說骨頭鯁在獅子的喉嚨，啄木鳥幫獅子取獸骨；又，後三則故事的啄木鳥在取獸骨時，先用一根樹枝撐開獅子的上下顎，才飛入獅子嘴裡，如此的描述，手法就更細緻。而最後結局《根有部毗奈耶破僧事》的啄木鳥被老鷹追食，驚嚇之餘又過度飢餓，看見獅子正在吃鹿，就請獅子給他

〔註13〕（古希臘）伊索著，羅念生、王煥生、陳洪文、馮文華譯：《伊索寓言》（北京：人民文學出版社，1996 年 6 月），頁 76。

〔註14〕書同註 2 之(1)，頁 39。

〔註15〕Keller, John Esten, *Motif-Index of Mediaeval Spanish Exempla*, Knoxville（Tenn.），1949. 轉引自 Stith Thompson, *Motif-Index of Folk-Literature*（Bloomington, Indiana University press, 1975），Volume 1, p.48.

〔註16〕Rotunda, D. P. *Motif-Index of the Italian Novella*, Bloomington, Ind.,1942. 轉引自 *The Types of the Folktale*，同註 2 之(1)，頁 17。

〔註17〕*Motif-Index of Folk-Literature*，同註 15，冊 5，頁 494，W154.3。

〔註18〕姚秦・竺佛念譯：《菩薩瓔珞經》卷十一〈譬喻品第三十二〉，見《正藏》（同註 11），冊 16（經集部三），頁 97c～98b。

〔註19〕唐・義淨譯：《根本說一切有部毗奈耶破僧事》卷十五，見《正藏》（同前註），冊 24（律部三），頁 176c～177a。

〔註20〕元亨寺漢譯南傳大藏經編譯委員會：《漢譯南傳大藏經》（高雄：元亨寺妙林出版社，民國 84 年 7 月），冊 34，頁 215～216。

〔註21〕郭良鋆、黃寶生譯：《佛本生故事選》（北京：人民文學出版社，2001 年 8 月），頁 182～183。

一些食物，獅子不給，說：我牙齒如此鋒利，你能從我的嘴裡出來，應該感到慶幸，今天又想要求報酬！其它說法則是啄木鳥後來看到獅子在吃野獸，就跟牠要食物，結果一樣是沒得到。這一故事出現在《菩薩瓔珞經》，是佛陀用以向弟子目連解釋某菩薩聽聞佛法後卻不受持的因緣，那名菩薩就是當時的獅子，而雀鳥是目連；又《根有部毗奈耶破僧事》與《南傳本生經》，則是佛陀說明調達的不知恩是前世就如此了，因為當時的獅子是調達，幫助牠的雀鳥就是釋迦牟尼佛自己。

　　近來在中國各地搜羅到的故事中，也有不少這一類型的故事出現，比如：瑤族〈老鴉和獅子〉的故事〔註22〕、藏族〈狼和天鵝〉的故事〔註23〕、蒙古族〈狼和鶴〉的故事〔註24〕、傣族〈老虎和啄木鳥〉的故事〔註25〕、景頗族〈忘恩負義的老虎〉的故事〔註26〕。這些故事出現的動物不盡相同，屬於救助角色的有啄木鳥、天鵝、鶴、老鴉，被救的則有老虎、獅子和狼。角色雖然不同，但基本上都是禽鳥和獸類的組合。故事的內容都是在說獸類被骨頭卡到或鯁到，由禽鳥來救助牠。故事結果較佛典所載，又多出三種變化：瑤族的故事說，老鴉剔除獅子牙齒中的阻塞物之後，還來不及飛走，就被獅子吞了。傣族的故事說，老虎和啄木鳥結成好朋友，老虎捕捉到的食物，都自動請啄木鳥吃，沒有忘恩負義的表現。景頗族的故事是說老虎將啄木鳥氣走之後，又再一次卡到獸骨，這一次啄木鳥不再幫牠，老虎深表後悔，絕望地等死。

　　綜合以上所見故事，有四種不同的結局：第一種是禽類的好意幫助，獸類並不領情，認為牠能從自己的口中安全離開，就是最好的報酬，因此罵走救命的禽鳥。第二種是獸類罵走禽鳥後，再次遭受災難，但鳥已經不想再救牠了。第三種是鳥來不及飛走，就被吃了。最後一種是，獸類和鳥類成為好

〔註22〕劉仲梅整理：〈老鴉和獅子〉，見曹廷偉編：《中國民間寓言選》（瀋陽：遼寧少年兒童出版社，1985年9月），頁104。

〔註23〕雲南民族民間文學迪慶調查隊搜集：〈狼和天鵝〉，同前註，頁268。

〔註24〕莎仁高娃搜集：〈狼和鶴〉，見胡爾查譯：《蒙古族動物故事》（北京：中國民間文藝出版社，1984年6月），頁90～91。

〔註25〕刀素珍搜集翻譯：〈老虎和啄木鳥〉，見勐臘縣民委、西雙版納州民委編：《西雙版納傣族民間故事集成》（昆明：雲南人民出版社，1993年6月），頁682。

〔註26〕相翁搜集整理、晨宏翻譯：〈忘恩負義的老虎〉，見中華民族故事大系編委會編：《中華民族故事大系》（上海：上海文藝出版社，1995年12月），冊10，頁353～354。

朋友。在這四種結果中，第一種的「忘恩負義」結局是此一類型故事中最常見的，佛經中的敘述亦是以此作結。而第二到第四種結局，可以分別表現「忘恩負義者得到報應」、「恩將仇報」和「知恩圖報」等寓意。

這個類型的故事在《伊索寓言》中已見記載，伊索的生存年代大約在西元前六世紀的前半期〔註 27〕。釋迦牟尼的生存年代則大概在西元前六至五世紀間〔註 28〕，與伊索同時或更晚。而據學者研究，本生經的傳出，則是在佛滅以後的事。也就是說，《伊索寓言》的記載比佛本生故事的傳出時代還要早。因此，在世界流傳如此之廣的「狼與鶴」型故事，會出現於佛典當中，應該是本生故事的宣說者借民間故事以敘佛本生，而不會是佛有此事因以流傳成廣爲人知的民間故事。

因此是本生故事的宣說者借「狼與鶴」型故事來將雀鳥說成是釋迦牟尼的前生，獅子或老虎說成是調達的前生，以解釋調達有恩而不知圖報之情事。又《六度集經》還借雀鳥之口說出了戒殺的道理。借用故事以說今生人的前生事，以及賦予故事以「戒殺」的寓意，這些都是佛經「狼和鶴」型故事與一般故事的明顯差別所在。

二、「肝在家裡沒有帶」

《六度集經》卷四〈戒度〉有一則〈兄（獼猴）本生〉，講述鼈想吃猴肝的一段故事：

> 從前，有兩兄弟經商他國，該國國王將公主許配給弟弟，後來看見哥哥相貌才華勝過弟弟，又將女兒轉許給他。對國王如此之行爲，哥哥很生氣，帶著弟弟走了。公主心生怨恨，誓言要吃掉那一個哥哥的肝。後來哥哥轉生爲獼猴，其弟與公主轉生爲鼈。某日雌鼈生病，想吃猴肝，於是雄鼈以妙樂誘騙獼猴，載之入水，欲取其肝。到半路上，獼猴才知受騙，趕緊跟鼈說：你不早講，我把肝掛在樹上沒帶來。鼈不疑有他，再載其上岸，獼猴因此得以脫險。佛說：當時的兄長就是我，常守貞潔，終不犯淫亂，爲消除以往的罪孽而轉生爲獼猴；弟弟與公主也受罪爲鼈，雄者是調達，雌者是調達妻。〔註 29〕

〔註 27〕 同註 13，陳洪文〈譯本序〉，頁 2。
〔註 28〕 《印度佛教思想史》（同註 12），頁 8～9。
〔註 29〕 〈兄（獼猴）本生〉，書同註 11，頁 19b～c。

佛經說這則故事的意義在表述兄長守戒度不淫亂的行為，所以置於〈戒度〉
的卷目之下。其它本生經典如：《生經》卷一〈佛說鱉獼猴經〉〔註 30〕、《佛
本行集經》卷三十一〔註 31〕、《漢譯南傳大藏經》的《本生經》第二百零八則
〈鱷本生譚〉、第三百四十二則〈猿本生譚〉〔註 32〕，及《佛本生故事選》的
〈鱷魚本生〉〔註 33〕也有這一故事的紀錄。除了《佛本生故事選》的內容省
略了宗教性教義與因緣的說明之外，其他四篇都是透過類同故事，以解釋佛
陀今世受他人詆毀、謀害的緣由。在《生經》裡，過去世想吃猴肝的母鱉在
今世是一位誹謗佛陀、詆毀僧眾的比丘尼。在《佛本行集經》裡，過去世騙
獼猴的是海蚖，在今世是誆騙佛陀的魔王波旬。南傳的兩則本生譚，說過去
世誘騙猿猴的鱷魚是提婆達多（調達），當中〈鱷本生譚〉又說鱷妻是栴闍
女，同樣有謀害佛陀之心。

　　這個故事的國際故事類型編號是第 91 號，丁乃通《中國民間故事類型索
引》中譯本名為「猴子的心忘在家裡了」〔註 34〕，金榮華先生則名之為「肝
在家裡沒有帶」，並述其內容大要云：

> 海龜要取用猴子的肝治病，將猴子騙去海中。猴子聞知後對海龜說：
> 我的肝是靈藥，覬覦的人很多，因此鎖藏家中，並不隨身攜帶。你
> 若早說，我就帶來了。海龜信以為真，送猴子回去拿，猴子於是脫
> 險。〔註 35〕

烏龜想要吃猴子的內臟，所以騙猴子入水，猴子反過來再騙烏龜，說牠的內
臟是放在家裡，並不帶在身上。此一故事傳誦的地區極廣，亞洲的中國、日
本、韓國、菲律賓、印尼、印度，歐洲的西班牙、匈牙利、拉脫維亞，及中
南美洲、非洲等地，都見流傳。〔註 36〕

　　而依所見之資料，此一類型故事目前可得四種不同的說法：

〔註30〕 西晉・竺法護譯：《生經・卷一・佛說鱉獼猴經》，見《正藏》，書同註 11，頁
　　　　 76b〜77a。

〔註31〕 隋・闍那崛多譯：《佛本行集經》卷三十一，見《正藏》，書同註 11，頁 798b
　　　　 〜799a。

〔註32〕 〈鱷本生譚〉，同註 20，冊 33，頁 157〜160。〈猿本生譚〉，同上，冊 34，頁
　　　　 324〜326。

〔註33〕 同註 21，頁 127〜128。

〔註34〕 書同註 2 之(2)，頁 14。

〔註35〕 同註 1，頁 140。

〔註36〕 同註 4。

其一，烏龜為了妻子，誘捕猴子。故事通常是說：猴子和烏龜是好朋友，烏龜常常離家找猴子，引起烏龜妻子的疑心與嫉妒，所以假裝生病，一定要吃猴肝或猴心才會好。有的故事是說烏龜的妻子無故想吃猴肝，因為吃不到而鬱積成疾，所以烏龜要找猴肝來治病。有的不一定是妻子，而可能是父親、母親等親屬生病要吃猴肝。因此烏龜騙猴子說要帶牠去找好吃的食物，或是要邀請牠到家裡作客，進而載猴子入水。半路上烏龜就說出了牠要猴肝的目的，這時猴子回騙烏龜，怪牠不早講，牠的肝是放在家裡，或是掛在樹上沒帶來。結果烏龜再載猴子回去取肝，猴子因此脫險。牠和烏龜的友誼也就此破裂。此說法可見於：《六度集經》，《生經》，《佛本行集經》，《漢譯南傳大藏經‧本生經》的〈鱷本生譚〉、〈猿本生譚〉，《佛本生故事選》的〈鱷魚本生〉。除佛典以外，其他還有：藏族〈龜與猴〉〔註37〕、〈猴子和青蛙〉〔註38〕，青海土族〈猴子和鼈〉〔註39〕，及印度的《五卷書》〔註40〕、《故事海選》等紀錄〔註41〕。

其二，龍王需要猴肝治病，所以令其臣子誘捕猴子。海裡的龍王或是龍公主生病，需要猴肝治病，龍王讓丞相去想辦法，這丞相通常是烏龜，有的說法則說是水母。烏龜帶來猴子與龍王見面，猴子才知受騙。這時猴子責怪帶牠來的烏龜沒有先說明，讓牠把肝放在家裡沒帶出來。所以龍王讓烏龜再載猴子去取肝。猴子一去，當然不再回來。在韓國流傳的這一類型故事常見這種說法，其中猴子的角色由兔子所取代。〔註42〕故事最後的結局或是說烏龜害怕被罰，所以也不敢回龍宮，因此烏龜在水中和岸上遊走，成了水陸

〔註37〕陳石峻搜集整理：〈龜與猴〉，見陳慶浩、王秋桂主編：《中國民間故事全集》（台北：遠流出版社，民國78年6月），冊40《西藏民間故事集》，頁482～485。

〔註38〕上海文藝出版社編：《中國動物故事集》（上海：上海文藝出版社，1978年5月），頁114。

〔註39〕哈金德講述：〈猴子和鼈〉，見《中華民族故事大系》（同註26），冊10，頁897～899。又見於朱剛等編：《土族撒拉族民間故事選》（上海：上海文藝出版社，1992年9月），頁263～265。

〔註40〕季羨林譯：《五卷書》（北京：人民文學出版社，2001年8月），頁312～317。

〔註41〕黃寶生、郭良鋆、蔣忠新譯：《故事海選》（北京：人民文學出版社，2001年8月），頁334～335。

〔註42〕金榮華：〈兔子和烏龜〉，收入金榮華：《民間故事論集》（台北：三民書局，民國86年6月），頁233～240。又：李官福：〈朝鮮古典小說《兔子傳》原型故事略考〉，《延邊大學學報》（社會科學版），第36卷第4期（總第128期，吉林：延邊大學學報編輯部，2003年12月），頁51～56。

兩棲，見上海嘉定縣的〈烏龜為啥水陸兩棲〉〔註43〕。如果故事中的角色是
水母，通常說牠回到龍宮，結果受到抽掉骨頭的處罰，所以成了現在的模樣
〔註44〕。另外，中國吉林乾安縣採錄到的〈吳心和猴子〉故事是說猴子本是
某人的恩人，但這個人為了能娶龍女為妻，而幫龍王騙猴子入龍宮。〔註45〕

此外，這類故事還可見於：上海楊浦區的〈烏龜和猴子〉〔註46〕、浙江的
〈海母隨潮飄〉〔註47〕、陝西嵐皋縣的〈猴子和鱉打老庚〉〔註48〕、吉林朝
鮮族的〈兔子和烏龜〉〔註49〕、吉林四平縣的〈哪有猴心掛樹梢〉〔註50〕。

其三，誘騙猴子的動物自己想吃猴肝或猴子。團魚聽說猴子聰明是因為
牠有一顆聰明的心，所以想吃猴心。還有鱷魚假裝要載猴子渡河，其實是想
吃牠的內臟。另外，也有狡猾的狐狸故意先和猴子作朋友，騙牠去家裡作客。
最後猴子都以肝或內臟不在身上，要回去拿為理由，因而得以脫逃。這類說
法有土家族〈猴子和團魚〉〔註51〕、藏族〈猴子和狐狸〉〔註52〕，與菲律賓
〈聰明的猴子〉等紀錄〔註53〕。

其四，動物騙吃猴肝不得，又再伺機偷襲猴子。這一種說法的情節發

〔註43〕朱根元講述：〈烏龜為啥水陸兩棲〉，見嘉定縣民間文學「三套集成」編委會
　　　　編輯：《中國民間文學集成上海卷嘉定縣故事分卷》（上海：嘉定縣民間文學
　　　　「三套集成」編委會，1989 年 8 月），頁 210。

〔註44〕金榮華：〈兔子和烏龜〉，同註 42，頁 239～240。

〔註45〕劉景山講述：〈吳心和猴子〉，見中國民間文學集成編輯委員會：《中國民間故
　　　　事集成・吉林卷》（北京：中國文聯出版公司，1992 年 11 月），頁 385～386。

〔註46〕傅鶴松講述：〈烏龜和猴子〉，見楊浦區民間文學集成編委會：《中國民間文學
　　　　集成上海卷楊浦區分卷》（浙江：楊浦區民間文學集成編委會，1989 年 2 月），
　　　　頁 155～156。

〔註47〕黃信愛搜集整理：〈海母隨潮飄〉，見《中國民間故事全集》（同註37），冊 22
　　　　《浙江民間故事集》，頁 422～425。

〔註48〕唐德坤講述：〈猴子和鱉打老庚〉，見中國民間文學集成編輯委員會：《中國民
　　　　間故事集成・陝西卷》（北京：中國 ISBN 中心出版，1996 年 9 月），頁 438。

〔註49〕金順德講述：〈兔子和烏龜〉，見《中國民間故事全集》（同註37），冊 34《吉
　　　　林民間故事集》，頁 441～451。

〔註50〕王煥臣講述：〈哪有猴心掛樹梢〉，見《中國民間故事集成・吉林卷》（同註
　　　　45），頁 386～387。

〔註51〕彭武興講述：〈猴子和團魚〉，見《中華民族故事大系》（同註 26），冊 5，頁
　　　　978～979。

〔註52〕見田海燕、雛燕編著：《金玉鳳凰》（上海：少年兒童出版社，1992 年 3 月），
　　　　頁 380～382。

〔註53〕見伊靜軒編：《菲律濱的民間故事》（香港：中華國語教育社，民國 42 年 9 月），
　　　　頁 50～51。

展，通常是說烏龜被猴子騙了，吃不到猴肝之後，又躲在猴子住的山崖邊，想要趁猴子不注意時偷襲牠。猴子當然早有警覺，故意對著山崖叫：山崖！山崖！山崖！然後說：烏龜，是你躲在裡面等著害我，不然我住的山崖會回應我的話。第二天，猴子又去叫了三聲。藏在山崖邊的烏龜為了表示自己不在山崖邊而應了聲，也就再次受騙。此種說法的故事，是與型號66A「房子會說話，敵人中了計」〔註54〕的故事相複合而成的，可見於蒙古族的〈烏龜和猴子〉〔註55〕、〈癩蛤蟆和猴子〉〔註56〕，藏族的〈烏龜和猴子〉〔註57〕，鄂溫克族的〈猴子和烏龜〉〔註58〕。

綜合以上「肝在家裡沒有帶」的故事發展，佛經所傳，形式較一致，是烏龜、鱉、虯、鱷魚等水中動物為了妻子想吃猴肝，誘騙猴子入水，後來猴子謊稱肝放在家裡沒帶來，才得以逃離險境。本生故事所說過去世裡的重要角色，應該都能在今世裡找到互相對應的人物，以解釋佛陀今生遭遇的因緣。就這個類型故事來說，過去世的獼猴、雄鱉或鱷魚、雌鱉或鱷妻，在《六度集經》、《生經》和《南傳本生經》裡就對應著現在世的佛陀、調達和調達妻，在《生經》中則對應著佛陀、調達和暴志比丘尼。但《佛本行集經》裡過去世的獼猴、海虯、海虯婦則只對應著現在世的佛陀和魔王波旬，過去世的海虯婦在現在世裡失去了作用。看來，佛典中用這個故事來說佛本生時，用以解釋現在世裡佛和調達夫婦的關係，在敘述上是較完善的。

其他非流傳在佛經中的故事，引起烏龜誘騙猴子的動機就有了變化，有的說是行騙的動物自己想吃猴肝，有的說是為了妻子、父母等親屬生病要吃猴肝，也有的說是因為龍王生病，需要猴肝當藥，所以執行龍王的命令騙取猴肝。猴子雖然一時被騙，最後都能安然脫險，有的最後還複合了AT66A型「房子會說話，敵人中了計」的故事作結，如此則更顯示猴子的機智與故事的趣味性。

〔註54〕 見《民間故事類型索引》，書同註1，頁129。
〔註55〕 見《蒙古族動物故事》（同註24），頁42～44。又見《中國民間故事全集》（同註37），冊36《蒙古民間故事集》，頁485～488。
〔註56〕 胡爾查譯：〈癩蛤蟆和猴子〉，《民間文學》，總第25期（北京：人民文學出版社，1957年4月），頁19～20。
〔註57〕 陳拓記譯：〈烏龜和猴子〉，《民間文學》，總第49期（北京：作家出版社，1959年5月），頁66～68。又收錄於《中國民間寓言選》（同註22），頁183～184。
〔註58〕 葛西瑪講述：〈猴子和烏龜〉，見《中華民族故事大系》（同註26），冊14，頁978～980。

三、「動物感恩人負義」

　　《六度集經》卷三〈布施度〉的〈理家本生〉，敘述善良的人救渡處於困境中的動物和人，被救的動物都有報恩之志，而人卻有恩將仇報的行爲。其內容大致如下：

> 從前，菩薩身爲商人，累積有很多財產。一日，在市場上看到一隻鱉，心裡爲之悲傷，便向鱉主探問價錢。鱉主知道菩薩有救度眾生之慈心，從不計較錢財，就說：「一百萬。沒有的話我就要煮了牠。」菩薩即將鱉買下，爲牠療傷，然後放生。晚上，鱉來敲他的門，跟他說：「受您的恩惠，讓我生命得以保全。我是居住在水裡的，知道將會有一場大洪水，希望您趕快準備舟船，到時候我來接您。」第二天商人把這件事告訴國王，因爲商人向來有好名聲，國王相信了他，遷移到高地去。時候一到，鱉出現說：「洪水來了，趕快跟我來，就可免除災難。」沿途，有蛇游近船隻，商人救了蛇；看到漂流在水裡的狐狸，救起了狐狸；又看到人在呼救，商人也要救他。鱉說：「不要救他，人心奸僞，忘恩背義，很少能終身信守承諾的。」商人不忍，還是救了他。鱉說：「你會後悔的！」到了安全的地方，鱉、蛇、狐狸各自離去。後來狐狸挖居住的洞穴，挖到了財寶，就拿去貢獻給商人，報答他救命之恩。商人要用這些財寶布施，那個被商人救起來的人卻想要分一半。商人只給他一部分，他就誣告商人盜墓。商人被捕，也沒多說什麼，只有皈依佛、法、僧三寶，悔過自責。蛇和狐狸一起討論了這件事，蛇就要去救商人。牠銜著藥進入獄中，跟商人說：「我去咬傷太子，任何人都無法救得了他，您拿藥讓他聞一聞，他就會沒事。」果然太子被咬，性命將不保，國王下令：能救太子的人，封他當相國。商人上報國王，藥一傳上去，太子馬上就好了。國王很高興，詳細和商人談了話，知道商人被關的緣由，自責自己的過失，因此殺了忘恩的人，然後行大赦，封商人爲相國。佛說：商人就是我，國王是彌勒，鱉是阿難，狐狸是鶩鶩子，蛇是目連，漂流人是調達。〔註59〕

商人救助市場上將被宰殺的鱉，鱉告訴商人洪水的消息，以報答救命之恩；在洪水中，商人又救了漂流的蛇、狐狸、還有人。之後狐狸挖到寶藏，用

〔註59〕〈理家本生〉，書同註11，頁 15a～16a。

以報答恩人，人卻貪財而忘恩背義，陷害恩人入獄，最後還是蛇以計謀救出商人。

類似這樣的故事，《六度集經》又重複見於卷五〈忍辱度〉的〈摩天羅王經〉，故事是說有一個修道者救出落在坑中的獵人、蛇和鳥，三者都說要報答修道者的恩情。但是後來修道者去找獵人，獵人假意要招待他，卻又故意和他閒聊到超過吃飯的時間，修道者只好離開，轉而去找鳥。鳥飛去皇宮，銜來明月寶珠送給恩人。寶珠遺失，國王下令尋找，修道者不知，把它送給獵人，結果獵人反將修道者綁起來交給國王。後來修道者將要被殺害，蛇出現咬傷太子，讓修道者救了太子，才得以免罪。〔註 60〕故事同樣是動物以物報恩，獵人害恩人，再由蛇咬傷太子，設計救出恩人。其中〈理家本生〉置於〈布施度〉，是以故事有得寶布施的敘述；而在〈忍辱度〉的〈摩天羅王經〉故事中，則特別強調修道者獄中「默然受拷，仗楚千數，不怨王，不讎彼」的忍辱態度。

爲了宣揚不同的教義，讓同樣的故事重複出現在一部經文中，足見編著者對此篇故事的注意與看重。推測其原因，可能是故事本身動物與人相互往來的特殊不尋常發展吸引了編著者；再者可能是此故事在當時就已經廣泛流傳，所以成爲取材的最佳選擇。印度古代故事文學名著《五卷書》與《故事海》，及《漢譯南傳大藏經》的《本生經》，都記載了類似的故事。其中同樣是佛教典籍的《南傳本生經》，故事編在第七十三則，名爲〈眞實語本生譚〉〔註 61〕，是解釋調達陷害佛陀的前世因緣，當時調達是作惡多端的壞王子，被僕人故意推入水中，此人與受困水中的蛇、老鼠、鸚鵡一同由菩薩所救，動物們表示要將自己的財寶穀物貢獻給菩薩，而王子承諾要供養菩薩，心裡卻是存著謀害之意。與《六度集經》略有不同的是，動物的報恩，僅止於銜物報恩；菩薩受害時，則是其他賢人幫助解危，而不是蛇設計救助的。同樣的故事又見於《佛本生故事選》的〈箴言本生〉〔註 62〕，只是故事中有關前世今生因緣的敘述被編譯者省略了。

這一類型故事的型號是 160，類型名稱爲「動物感恩人負義」〔註 63〕，芬蘭、法國、德國、義大利、匈牙利、波蘭、希臘、土耳其等北歐、東歐國家

〔註 60〕〈摩天羅王經〉，書同註 11，頁 28a～c。
〔註 61〕同註 20，冊 32，頁 76～81。
〔註 62〕同註 21，頁 57～61。
〔註 63〕同註 3。

以及非洲等地〔註64〕，都見記載，可見也是流傳很廣的民間故事。

故事最常見的基本型態是，人救了落難的動物和人，他們可能漂流在水中，或是陷入井中、坑洞中。被救起的人後來忘恩負義，害了救命恩人，而由當初被救的動物將恩人救出。被救者在坑中獲救的故事可見於：印度的《五卷書》〔註65〕、《故事海》〔註66〕、中國維吾爾族的〈落進陷坑裡的巴依〉〔註67〕、景頗族的〈司提瓦與孤兒麻糯〉〔註68〕。又，救水中人與動物者有：臺灣雲林的〈救蟲不要救人〉〔註69〕、江蘇的〈寶船〉〔註70〕、雲南西雙版納傣族的〈金虎、銀蛇、寶猴〉〔註71〕、雲南普米族的〈孤兒和書生〉〔註72〕、錫伯族的〈仁兄難弟〉〔註73〕、撒拉族的〈一塊玉石〉〔註74〕、廣西壯族的〈猴子報恩〉〔註75〕、〈漁夫和皇帝〉〔註76〕、廣西的〈漁夫和官〉〔註77〕、陝西的〈蔣恩不報反為仇〉〔註78〕以及吉林的〈王恩和石義〉異文

〔註64〕同註3之(1)。

〔註65〕同註40，頁84～88。

〔註66〕同註41，頁351～355。

〔註67〕孫二木翻譯：〈落進陷坑裡的巴依〉，見《中華民族故事大系》（同註26），冊2，頁439～442。

〔註68〕景銳芳、艾佳搜集整理，刀麻果翻譯：〈司提瓦與孤兒麻糯〉，見《中華民族故事大系》（同註26），冊10，頁152～155。

〔註69〕林義通講述：〈救蟲不要救人〉，見胡萬川、陳益源總編輯：《雲林縣閩南語故事集（三）》（雲林：雲林縣文化局，民國90年元月），頁168～181。

〔註70〕姜慕晨搜集：〈寶船〉，《民間文學》總第30期（北京：人民文學出版社，1957年9月），頁39～45。又見於《中華民族故事大系》（同註26），冊1，頁330～337。

〔註71〕康朗叫、岩溫講述：〈金虎、銀蛇、寶猴〉，見《西雙版納傣族民間故事集成》（同註25），頁653～657。

〔註72〕楊玉發講述：〈孤兒和書生〉，見《中華民族故事大系》（同註26），冊14，頁194～200。

〔註73〕佟黨貞講述：〈仁兄難弟〉，見《中華民族故事大系》（同註26），冊13，頁424～428。

〔註74〕海姐講述：〈一塊玉石〉，見《土族撒拉族民間故事選》（同註39），頁410～413。又見於《中華民族故事大系》（同前註），冊12，頁390～393。

〔註75〕覃健搜集整理：〈猴子報恩〉，見《中國民間故事全集》（同註37），冊5《廣西民間故事集》，頁347～351。

〔註76〕蘇聯武整理：〈漁夫和皇帝〉，見農冠品、曹廷偉編：《壯族民間故事選》（南寧：廣西人民出版社，1982年4月），頁152～157。又見於《中華民族故事大系》（同註26），冊3，頁492～497。

〔註77〕龐朝輝講述：〈漁夫和官〉，見譚燕玲、羅尚武主編：《左江明珠》（廣西：廣西民族出版社，2002年7月），頁161～162。

（一）〔註79〕。

　　有的故事是說主角有一個神奇的寶物，此寶或是無意中得到，或是由於主角救助了某一動物，而由該動物贈送的。這個寶物有治百病、可以讓死者復活等的神奇功用，所以善良的主角用寶物救了人和動物。但是寶物引起被救者的覬覦，因此陷害了恩人。其他動物則救了恩人，幫助恩人拿回寶物；故事有時是動物再幫助恩人給公主治病等，讓恩人娶得公主。這類說法見於：撒拉族的〈狼心狗肺〉〔註80〕、雲南的〈得玉崖〉〔註81〕、貴州侗族的〈長工和癩疙包〉〔註82〕、青海土族的〈寶珠〉〔註83〕、東鄉族的〈蛤蟆靈丹〉〔註84〕、陝西的〈金蟾殼〉〔註85〕、四川的〈復生珠〉〔註86〕、福建的〈青蛙贈珠〉〔註87〕以及西藏的〈如意寶〉〔註88〕。

　　以上故事，或是搭救落入水中、坑中的人與動物，或是以寶物救助生病、死亡的動物與人，其過程都是：人救動物與人，人害恩人，動物報恩。另外，有的故事又複合了其他類型的故事，所見有以下六種情形：

　　第一種，160 型複合 825A 型「陸沉的故事」，先說「陸沉」，以引起「動物感恩人負義」。825A 型故事的大要是：

〔註78〕孟玉蘭講述：〈蔣恩不報反爲仇〉，見《中國民間故事集成・陝西卷》（同註48），頁 536～537。

〔註79〕孟玉珍講述：〈王恩和石義〉異文（一），《中國民間故事集成・吉林卷》（同註45），頁 526～528。

〔註80〕奴海講述：〈狼心狗肺〉，見《土族撒拉族民間故事選》（同註39），頁 414～416。又見於《中華民族故事大系》（同註26），冊12，頁 394～396。

〔註81〕蔡韻葵整理：〈得玉崖〉，見中國作家協會昆明分會編：《雲南各族民間故事選》（北京：人民文學出版社，1963 年11 月），頁 23～25。

〔註82〕潘作烈講述：〈長工和癩疙包〉，見《中華民族故事大系》（同註26），冊4，頁 785～788。

〔註83〕劉正全搜集整理：〈寶珠〉，見《土族撒拉族民間故事選》（同註39），頁 108～114。又見於《中華民族故事大系》（同註26），冊10，頁 742～748。

〔註84〕馬如基搜集整理：〈蛤蟆靈丹〉，見《中華民族故事大系》（同註26），冊9，頁 429～436。

〔註85〕趙玉秀講述：〈金蟾殼〉，見《中國民間故事集成・陝西卷》（同註48），頁 483～484。

〔註86〕楊周氏講述：〈復生珠〉，見中國民間文學集成編輯委員會：《中國民間故事集成・四川卷》（北京：中國 ISBN 中心出版，1998 年3 月），頁 502～503。

〔註87〕邱兆瑞講述：〈青蛙贈珠〉，見中國民間文學集成編輯委員會：《中國民間故事集成・福建卷》（北京：中國 ISBN 中心出版，1998 年12 月），頁 551～552。

〔註88〕同註52，頁 120～128。

一個好心人從神仙處得到警告，當城門口的石獅子雙眼流血時，要立刻跑去山上，因為馬上會有洪水淹沒這座城市，作為對市民種種罪行的懲罰。於是這人每天去城門口看石獅，有人知道原因後，便作弄這人，故意在石獅的雙眼塗上紅色。這人見了，也立刻上山，當別人正以為愚弄得逞而得意時，洪水卻真的來到，很快淹沒了整座城市。〔註89〕

這一類型故事敘述了一次洪水事件，善良的人得到洪水將至的預警，想捉弄人的人卻是警示洪水的執行者，最後果真引來了洪水。而就因為有這一段關於洪水的敘述，所以後面就有可能接續 160 型的故事，成為 160 型故事中洪水來源的背景，之後才是主角在洪水中救人、救動物的情節，以及人忘恩負義、動物報恩的後續發展。這樣的說法可見於：《龍圖公案・石獅子》〔註90〕，以及臺灣〈流血的石獅子〉〔註91〕、臺灣台中〈有度量有福氣〉〔註92〕等記載。

第二種是複合 825A 型之外，又再複合 301 型的故事。類型 301 是「雲中落繡鞋」的故事，內容大致是：

男主角在田野裡感到一陣怪風或看見一朵烏雲經過，隨手把武器砸過去，結果有血或繡花鞋落下，於是與同伴追蹤至一深洞。他的同伴用繩將他繫下洞去，他在洞中殺死已被他砸傷的怪物，救出被擄的公主（繡花鞋的主人）。但他的同伴把公主拉出洞口後，心生歹念，便把洞口封住，想要置他於死地。主角最後回到地面，在皇帝面前揭發了他同伴的卑劣行為，娶了公主。〔註93〕

此一故事是說男主角從精怪手中救出被劫走的公主，但卻被他的同伴陷害，差點回不來。三種類型複合後的情節發展大致是，石獅子眼睛變紅後就起了

〔註89〕書同註 1，頁 552～553。這一故事類型，丁乃通《中國民間故事類型索引》編號作 825A*，型名作「懷疑的人促使預言中的洪水到來」，書同註 2 之(2)，頁 243～246。
〔註90〕《龍圖公案》卷 2，葉 4 至葉 9。收錄於王以昭主編：《罕本中國通俗小說叢刊》第一輯（台北：天一出版社，民國 63 年 9 月）。
〔註91〕江肖梅編著：《臺灣民間故事》（新竹：新竹市政府，民國 89 年 3 月）第 14 集，頁 33～45。
〔註92〕劉寶玉講述：〈有肚量有福氣〉，見楊照陽等編作：《台中市民間文學采錄集④》（台中：台中市文化局，民國 89 年 12 月），頁 53～62。
〔註93〕書同註 1，頁 255。

大洪水，善人在洪水中救了動物和惡人，被救的惡人與恩人一同去救公主，但是卻謀害恩人搶功勞，最後主角安全回來，經由動物的幫助，娶得公主。故事可見於：〈王大傻的故事〉〔註94〕、鄂溫克族的〈阿格迪〉〔註95〕，以及吉林的〈王恩和石義〉〔註96〕、遼寧的〈王恩石義〉〔註97〕、福建的〈只可救蟲，不可救人〉〔註98〕。

　　第三種是 160 型與 555D 型的複合。類型 555D 是「龍宮得寶或娶妻」，故事的內容大致是：

> 一個年輕人救了一條魚或一條小蛇，實際上這魚或蛇是龍宮的太子或公主，因此龍王邀請這人去遊龍宮。當他要回家時，龍王的太子或公主告訴他，龍王會送他禮物，但只要一個看起來不值錢的箱子或一隻小動物就好。結果箱子是一個要什麼有什麼的寶物，或者小動物乃是龍女的化身，使他成了龍王的女婿。在有些故事中，寶物後來被存心不良的朋友或兄弟借去，於是失靈或被龍王收回。若是娶龍女為妻，常下接 465 型故事（神奇妻子美而慧，老實丈夫受刁難）。〔註99〕

此一類型故事是敘述一個年輕人的奇特遭遇，他救了龍宮的太子，所以受邀遊龍宮，離開時並得到龍王贈送的禮物。上述「動物感恩人負義」故事之基本型態，有的是人以寶物救助動物和人，「龍宮得寶或娶妻」的故事與之複合，正是與寶物的情節相連接，以此一龍宮所得寶作為後來救人的寶物。雲南傈僳族就有一則〈救命葫〉〔註100〕的故事，即是 555D 型與 160 型複合組成，

〔註94〕林蘭：《瓜王》（台北：東方文化書局，民國 70 年夏季），頁 62～86。

〔註95〕何秀芝講述：〈阿格迪〉，見《中華民族故事大系》（同註26），冊14，頁 883～894。

〔註96〕趙清講述：〈王恩和石義〉，見《中國民間故事集成·吉林卷》（同註45），頁 523～526。

〔註97〕高育英講述：〈王恩石義〉，見中國民間文學集成編輯委員會：《中國民間故事集成·遼寧卷》（北京：中國 ISBN 中心出版，1994 年 9 月），頁 531～534。

〔註98〕黃俊明講述：〈只可救蟲，不可救人〉，見《中國民間故事集成·福建卷》（同註87），頁 574～577。

〔註99〕書同註 1，頁 407～408。這一故事類型，丁乃通《中國民間故事類型索引》編號作 555*，型名作「感恩的龍公子（公主）」，書同註 2 之(2)，頁 191～195。

〔註100〕桑道保講述：〈救命葫〉，見《中華民族故事大系》（同註26），冊 7，頁 386～393。

內容是主角救龍宮太子而得寶，此寶是可以救命的寶葫蘆，主角以之救助動物和人，結果人奪寶害人，而動物幫助恩人解圍。類似的故事又見於黑龍江赫哲族的〈好心人和壞心人〉〔註 101〕。

第四種的複合型態，是在第三種的複合型之外又加入 301 型「雲中落繡鞋」。故事先敘述主角救了動物和人，被救的人與恩人一同去救被妖怪擄走的公主，但公主被救後，他卻將洞口堵住，故意不讓恩人出來。受困於妖洞中的主角遂再於妖洞中救出受困的龍公子，因此跟著去了龍宮，取得寶物。回來後藉著動物與寶物的幫助，娶了原本救出的公主。具有此種複合情況的故事見於吉林的〈王恩和石義〉異文（二）〔註 102〕，以及遼寧的〈王恩石義〉異文〔註 103〕。

第五種是 160 型故事和 400D 型故事的複合。類型 400D 名為「動物變成的妻子」，故事敘述動物變成的女子，偷偷幫助男主角做飯理家，被發現後與男主角結為夫婦。〔註 104〕160 型複合 400D 型的故事見於內蒙古鄂倫春族的〈大水的故事〉，大意是說男主角入山打獵，帶回一個孤苦無依的老奶奶奉養。不久老奶奶要他賣掉家當，買紙作船，告訴他會有大洪水，到時候見了白兔可救，女人不可救。之後果真下了暴雨，漲起大洪水。在船上，他忘了老奶奶的話，救了妻子。妻子氣他危險時沒有帶著她逃難，伸手推他。結果自己沒站穩，又掉進水裡。後來又救了一隻白兔。水退去後，他依舊去打獵，可是每次回來時，飯菜都已經準備好了。他才發現是白兔變成女子幫他做飯，於是藏起兔皮，和女子結為夫婦。〔註 105〕這一則大水中救助動物和人的故事，動物報恩的過程異於常見的銜物報恩、或是幫助恩人解決疑難，而是動物變成妻子協助恩人理家。

第六種則是 160 型複合了 613 型的故事。類型 613 名為「精怪大意洩秘方」，其內容大致是：

〔註 101〕尤樹林講述：〈好心人和壞心人〉，見《中華民族故事大系》（同註 26），冊 16，頁 232～237。

〔註 102〕朱連元講述：〈王恩和石義〉異文（二），見《中國民間故事集成·吉林卷》（同註 45），頁 528～531。

〔註 103〕徐建明講述：〈王恩石義〉異文，見《中國民間故事集成·遼寧卷》（同註 97），頁 534～540。

〔註 104〕書同註 1，頁 309～310。參型號 400C，「田螺姑娘」，書同註 1，頁 308。

〔註 105〕德興德講述：〈大水的故事〉，見《中華民族故事大系》（同註 26），冊 15，頁 704～707。

　　二人一起外出經商，行經深山時，其中一人挖掉了另一人的雙眼，
　　取走了他的財物。這人夜裡無意中聽到精怪的談話，知道了一些秘
　　方，能讓自己的雙眼復明，能醫某人的怪病，能使枯井生水等。於
　　是他醫治了自己的雙眼，也幫助了別人，因此娶得了富家小姐，或
　　是有了許多錢。殘害他的同伴知道了事情的經過，便也去偷聽精怪
　　的談話，但是被精怪撕成了碎片。〔註106〕

故事描述主角被同伴所害，無意中聽到精怪的談話，讓他解決了一些困境和
問題，因此得到豐厚的報酬；害他的同伴也學他去偷聽精怪講話，結果被精
怪發現而送命。160型「動物感恩人負義」的故事與之複合，可見於福建畬族
的〈救蟲不救人〉，其複合情況是：一個農夫救了溺水的蛇、蜈蚣和人，蜈蚣
送給農夫一顆夜明珠，這顆寶珠卻被農夫所救的人偷走，農夫就追去找寶珠，
半路上遇到大雨，在躲雨時無意間聽到了精怪的談話。後來農夫依據精怪所
言，幫人找到水源、挖到寶藏、也幫皇后治了病，所以得到很好的報酬。當初
忘恩的偷寶人知道農夫的奇遇，也去聽精怪說話，結果被精怪發現而將他吃
了。〔註107〕在這一故事裡，有動物報恩贈送寶珠，忘恩的人偷走寶物等 160
型故事的情節，但之後並沒有再出現動物奪寶報恩等的情節，反而接續「精怪
大意洩秘方」的故事，著重表現居心不良的惡人受到妖孽傷害的報應結局。

　　綜合以上「動物感恩人負義」的各種異說及複合情況來看，佛經裡的敘
述，應該屬於流傳時代較早的基本型。需要救助的動物和人，是在水中、或
是坑洞之中被救起的，之後被救的人忘恩，而動物則報恩。佛經依本生故事
的模式，把故事裡的角色說成是過去世發生的事，聯繫了故事角色與佛陀等
人物的關係。《六度集經》的編者還依本書的編纂旨趣，用這兩個故事強調了
布施、忍辱等菩薩道的精神。

　　晚近所見的這一類型故事，其變化型態多樣而豐富。不但善心人救人及
動物未必以洪水的情節表現，又常接連其它類型組成複合型的故事。如果仔
細考察上述得以與 160 型相互複合的 301、400D、555D、613、825A 等五個
類型，即可發現其中 301、555D、613 三個類型故事裡都有一善一惡的兩個對
比角色，與 160 型故事中善良的人及忘恩的人的角色安排相稱；又與 400D 型

〔註106〕書同註1，頁 450～451。
〔註107〕鍾紹崇講述：〈救蟲不救人〉，見《中國民間故事集成‧福建卷》（同註87），
　　　　　頁 577～579。

故事複合，作為動物報恩的表現；與 825A 型的故事複合，作為洪水來源的說明。這種角色性質的相似，或是情節安排的類近，成為 160 型故事能與其它五個類型三、兩複合的主要原因。

第三節　《六度集經》中之笑話類型

一、「處死烏龜投於水」

　　《六度集經》卷五〈忍辱度〉的〈槃達龍王經〉，敘述佛陀前世為槃達龍王時的修行與遭遇，其內容是：

> 從前有一個國王，他有兩個子女，一男一女。國王非常喜歡他們，為他們作了金池子。一次孩子在池中戲水時，被一隻躲在水裡的烏龜嚇到。國王很生氣，抓來了烏龜，和大臣們商議要如何處置。有人說：「斬首。」有人說：「燒了牠。」又有說：「拿來煮羹。」其中一個大臣說：「這樣都不算殘酷，把他丟到海中，才是最嚴厲的處罰。」烏龜笑著說：「這是最殘酷的啊！」於是國王就派人把牠丟到海裡。烏龜一入水，脫離危險，便跑去找龍王，說：「人間的國王有個漂亮的女兒，國王想把她嫁給你，和你結親。」龍王果然派遣使臣隨烏龜前往迎親。到了城門外，烏龜藉口要先通報國王，就逃走了。使者等不到烏龜，很不高興，就自行去找國王。國王為了國境安寧，被迫答應此事，將女兒嫁到龍宮。人妃後來生了一男一女，男的叫做槃達，在龍王死後，繼承了龍王之位。然而槃達龍王嚮往清淨之高行，常躲避妻小，變為蛇身，登陸地而臥於樹下。所臥之處，夜間燈火通明，每天從天上降下數種美妙芬芳的花朵。有人親近他，龍亦無傷害之心。有一個會降龍的術士，取毒藥降服龍王，龍王受害，痛苦無量，但不曾埋怨，只自責過去犯了過錯，才會有今日的災禍。術士將龍王裝在小盒子裡，到處表演行乞，都能得到相當豐富的報酬。輾轉進入到龍王的祖父之國，槃達的母親和他的兄弟也都上岸來找尋龍王，他們變成飛鳥，依附在皇城附近。術士一來，龍王變成五頭龍，才要出來表演，看到母親兄妹，而不敢出來。槃達的母親變回人形，和國王相見，說出事情的經過。後來國王要殺術士，龍王還為他求情，給他相當的報酬，讓他離去。術士

才離開國境，就遇到了強盜，財物盡失，並遭到殺害。龍王母子後
來告別國王，回去龍宮，一國的臣民都來相送。佛說：槃達龍王就
是我，國王是阿難，母親就是我今日的母親，弟弟是鶖鷺子，妹妹
是青蓮華比丘尼，降龍的術士是調達。〔註108〕

槃達龍王的故事，可劃分為前後兩段落，前段是說明槃達的母親本是人間女
子，因一隻烏龜的關係，嫁入龍宮；後段則以槃達龍王修行菩薩道的經歷為
敘述重心。其中前段的故事，是一則很有趣味的「烏龜的故事」：烏龜躲在人
家的池水中，嚇到水中嬉戲的小孩，因此被捕，人們想盡辦法要處罰烏龜，
有人建議斬首，有人建議用火燒等，這時就有人建議要把烏龜丟進海裡。烏
龜裝出害怕的樣子，趕緊呼應說：這真是最殘酷的懲罰！果然烏龜被丟進海
裡，最後得以脫逃。

　　這一段敘述，在國際上已是有名的故事，型號 1310，類型名稱「處死烏
龜投於水」，於北歐、東歐、英國、法國、德國、俄國、中南美洲、美國黑人
地區、非洲、印尼、菲律賓等地都有流傳〔註109〕，故事流傳版圖橫跨亞洲、
非洲、美洲、歐洲，相當廣泛。

　　《六度集經》以此一知名故事當作引子，從而引起下文關於槃達龍王的
敘述，並著重表達槃達受術士迫害，仍然不起惡念的菩薩道修行之行為，後
來達槃還以德報怨，為術士請命。《漢譯南傳大藏經・本生經》第五百四十三
篇也收有一則〈槃達龍本生譚〉的故事〔註110〕，篇中同樣以烏龜的故事，作
為引起下文發展的橋樑。依其內容，提議將烏龜丟入水中的大臣，自己本來
就怕水，所以才有如此之建議；而烏龜順從其言，表示最不能忍受如此嚴厲
的處罰，又有推波助瀾的功效。最後烏龜因加害者的無知而脫離危險，這時
加害的一方卻還不一定知道自己鬧了大笑話。

　　除了佛典以外，關於這個類型故事的記載還有《臺灣民間趣味故事》中
的〈龜〉〔註111〕的故事、《臺灣民俗》第二十章〈山地傳說〉的〈龜〉的故
事〔註112〕、《台灣高屏地區魯凱族民間故事》收錄的〈農夫與烏龜〉的故事

〔註108〕〈槃達龍王經〉，書同註 11，頁 28c～29b。
〔註109〕同註 6 之(1)。
〔註110〕同註 20，冊 41，頁 126～205。
〔註111〕洪惠冠總編輯：《臺灣民間趣味故事》（新竹：新竹市政府，民國 89 年 7 月），
　　　　第 20 集，頁 70～71。
〔註112〕吳瀛濤：《臺灣民俗》（台北：眾文圖書，民國 89 年元月），頁 533。

〔註 113〕、《中國動物故事集》的〈老烏龜的智謀〉〔註 114〕、德宏傣族〈烏龜的傳說〉〔註 115〕、《菲律賓民間故事》中的〈猴子和烏龜找到香蕉樹〉〔註 116〕。這些故事的核心都是烏龜要被害，害牠的方法是丟入水裡。而烏龜被害的原因，與害他方法的提出，在此就較佛經所述多了些變化。佛經故事是說烏龜在水中無意嚇到人，所以招致災禍，如此烏龜似乎較為無辜。同樣無辜受災者，還有無端受狡猾狐狸欺負的說法，見〈老烏龜的計謀〉；或是人想吃烏龜，所以要殺烏龜，見〈烏龜的傳說〉。另外有的說法是因為烏龜破壞人家的農作物，或是弄倒人家蓋房子的柱子，所以被抓，見〈農夫與烏龜〉、及兩則〈龜〉的故事；至於菲律賓的〈猴子和烏龜找到香蕉樹〉的故事，是起因於猴子和烏龜的爭執。因此組成故事的角色不一定是人和烏龜，而是也有烏龜受其它動物傷害的情況。最後，在烏龜被丟入水中的情節裡，有的故事如〈鱉達龍王經〉所述，說烏龜是順著加害者的意見，表示確實很怕水；有的則說是烏龜自己提出的，如《臺灣民俗》與《臺灣民間趣味故事》的〈龜〉的故事，烏龜自己說：「我只怕水啊！」因此這兩種結果的安排，前者顯示的是提出主意者的愚蠢和可笑，後者則偏向於烏龜機智和聰明的表現。

　　以上所見被丟進水裡處罰的都是烏龜，湯普森在《世界民間故事分類學》裡說：「這個故事經常講的是甲魚或龍蝦乞求不要把它弄到水裡淹死」〔註 117〕，所以以水生動物為故事主角是最常見的型態。湯普森又敘述了一段非關水生動物的同類型故事：

　　　　野兔的所有敵人對如何把它弄死加以討論。野兔對它的敵人們提出
　　　　的弄死自己的各種方式都表示能夠接受，唯獨乞求它們千萬不要把
　　　　自己推進荊棘叢。出於要讓野兔死得最痛苦的目的，它的敵人們果
　　　　真把它推進了荊棘叢，野兔卻因此而乘機逃走了。〔註 118〕

〔註 113〕詹忠義講述：〈農夫與烏龜〉，見金榮華：《台灣高屏地區魯凱族民間故事》（台北：中國口傳文學學會，民國 88 年 12 月），頁 83～85。

〔註 114〕同註 38，頁 29～32。

〔註 115〕見趙洪順編：《德宏傣族民間故事》（雲南：德宏民族出版社，1993 年 2 月），頁 466～467。

〔註 116〕同註 53，頁 55～56。

〔註 117〕（美）斯蒂·湯普森著，鄭海等譯：《世界民間故事分類學》（上海：上海文藝出版社，1991 年 2 月），頁 270。

〔註 118〕同前註。

在這個說法裡，烏龜或龍蝦的角色換成了兔子，敵人誤認的最殘酷處置方法
也就由「丟到水裡」轉變成「推到荊棘叢」。這都是被害者最熟悉的生存環
境，所以最終都能因此脫離險境。

　　綜觀此類型故事的情節推展，因故將要被害的水生動物或是兔子，誘騙
加害者，說將牠丟入水中（水生動物）或荊棘叢中（兔子）是對牠最嚴酷的
懲罰，結果處置該動物的行動，反而送牠回到最熟悉而安全的環境中。故事
就在這種加害者的無知與受害者的機智中表現出了趣味。其中兩則依附在佛
經裡的故事，是作為引起下文的因果關係之說明，這層意義是其他同類型故
事所未有的。反而觀之，若獨立將《六度集經》〈鱉達龍王經〉中的「烏龜的
故事」抽離，此段故事與鱉達龍王故事的因果關係隨即消失，如此則與一般
傳誦的 AT1310 型故事並無不同；只是單純的「烏龜的故事」中沒有明顯「六
度」菩薩道修行的表現，則將不適合編屬在以「六度」為敘述目的的《六度
集經》故事集之中了。

二、「瞎子摸象」

　　《六度集經》卷八〈明度〉收有一則〈鏡面王經〉，敘述「盲人摸象」的
故事，其內容大致是：

> 聽佛這樣說：那時佛在舍衛國祇樹給孤獨園，有一群比丘進城求
> 食，因時間還早，就先到梵志講堂坐一坐。當時那些梵志正在辯論
> 經義，有疑難不能解開，輾轉互相埋怨而起了爭執。比丘見此，起
> 身離開。吃過飯回到祇樹園，向佛說起這件事。佛說：他們不是現
> 在才如此爭辯。從前有個鏡面王，誦讀佛經，懷有高智；但他的臣
> 民大多信從邪偽小道。鏡面王想了辦法，要引導他們遵行正道。他
> 讓使者找來國境中瞎眼的人，說：「帶他們去，把象指給他們。」於
> 是使者牽著這些眼盲的人，讓他們去摸象。其中有人摸到象的腳、
> 有的摸到尾巴、有的摸到肚子、摸到背、或是耳朵、頭、牙、鼻不
> 等。這些盲人在象圈裡吵吵鬧鬧，都說自己摸到的才是真的，別人
> 的是錯的。使者帶他們回來見國王，王問他們：「你們看見象了嗎？」
> 盲眼人說：「看到了。」王又問：「象像什麼？」摸到象腳的說：「象
> 像漆桶。」摸到尾巴的說：「像掃帚。」摸到肚子的說：「像鼓。」
> 摸到背的說：「像高的桌子。」摸到耳朵的說：「像簸箕。」摸到牙
> 的說：「像角。」摸到鼻子的說：「像大繩子。」然後這些人在國王

的面前又開始爭辯。鏡面王笑著說：「瞎子啊瞎子，你們就像那些不看佛經的人。而那些只看小道之書，不懂佛經無邊大道者，和盲眼人又有什麼不同。」佛告訴比丘：鏡面王就是我，盲眼人就是講堂的那些梵志。〔註119〕

經文中以佛陀解釋梵志爭經的緣由，說出鏡面王與瞎子的這一段故事，藉以說明鏡面王明於義理的智慧表現。

這樣一則故事，在故事類型的編列中，歸於型號 1317，名稱即為「瞎子摸象」〔註120〕。成語「盲人摸象」即典出於此。這個故事在佛教典籍中，又見於《長阿含經》卷十九的〈世紀經・龍鳥品〉〔註121〕、《大樓炭經》卷三的〈龍鳥品〉〔註122〕、《起世經》卷五的〈諸龍金翅鳥品〉〔註123〕、《起世因本經》卷五的〈諸龍金翅鳥品〉〔註124〕、《義足經》卷上的〈鏡面王經〉〔註125〕、《大般涅槃經》卷三十二的〈師子吼菩薩品〉〔註126〕。這些佛經敘述的盲人摸象故事，與《六度集經》所見大致不差，都是國王讓盲人去摸象，每一位盲人摸到的部位並不相同，他們卻各自認為自己摸到的象才是象，別人摸到的不是象，因此引起糾紛，爭辯不休。其中《義足經》與《六度集經》一樣，有前段梵志爭經的內容，以引出盲人摸象的故事。故事之後，佛經並點明了教化的意義，如《六度集經》的鏡面王言：「夫專小書，不覩佛經汪洋無外，巍巍無蓋之真正者，其猶無眼乎！」指引眾生信從正真之道，莫如眼盲人摸象之專執小道。又如《長阿含經》所言：「佛告比丘，諸外道異學，亦復如是，不知苦諦，不知習諦，盡諦道諦，各生異見，互相是非，

〔註119〕〈鏡面王經〉，書同註11，頁 50c～51b。

〔註120〕同註8。

〔註121〕後秦・佛陀耶舍、竺佛念譯：《長阿含經・世紀經・龍鳥品》，見《正藏》（同註11），冊1（阿含部一），頁 128c～129a。

〔註122〕西晉・法立、法炬譯：《大樓炭經》卷三〈龍鳥品〉，見《正藏》（同註11），冊1（阿含部一），頁 289c～290a。

〔註123〕隋・闍那崛多等譯：《起世經》卷五〈諸龍金翅鳥品〉，見《正藏》（同註11），冊1（阿含部一），頁 335b～336a。

〔註124〕隋・達摩笈多譯：《起世因本經》卷五〈諸龍金翅鳥品〉，見《正藏》（同註11），冊1（阿含部一），頁 390a～c。

〔註125〕吳・支謙譯：《義足經》卷上〈鏡面王經〉，見《正藏》（同註11），冊4（本緣部下），頁 178a～c。

〔註126〕北涼・曇無讖譯：《大般涅槃經》卷三十二〈師子吼菩薩品〉，見《正藏》（同前註），冊12（涅盤部），頁 556a。

謂己爲是，便起諍訟。……是故汝等，當勤方便，思惟苦聖諦，苦集聖諦，苦滅聖諦，苦出要諦。」這裡更提到四聖諦的義理。

　　江肖梅的《臺灣民間故事》有一則標題名爲〈耳聾的女婿〉，內容講了兩段關乎「盲人摸象」的故事。其中第一段故事敘述一個老人家帶五個瞎眼的鄰居去認識象，而鄰居觸摸後所知各不相同，故事以「老頭兒很可鄰他們的殘廢，僅僅摸著一部份，就認爲象的全身是如此的」收尾。接著，江肖梅說：「關於殘廢者的認識錯誤，還有下面的一段故事」，這段故事原文如次：

　　　　從前有一個聾子，取了一個漂亮的太太，他受了人家的羨慕，準備
　　　　了幾席喜筵，招待了許多親戚朋友。

　　　　到了第六天，他跟他的太太回娘家，到了門口，看見一隻黑狗，汪
　　　　汪地亂吠。他岳父設宴請他吃飯的時候，他在很多的陪客面前，問
　　　　岳父說：

　　　　「貴府的黑狗，昨天晚上沒有睡覺吧？」

　　　　「你覺得怎麼樣？」

　　　　「要不然，剛才我來到的時候，牠爲什麼不停地打著呵欠？」

　　　　聾子沒有聽到狗吠的聲音，只看到牠張著嘴，以爲是打呵欠呢。大
　　　　家聽了聾子的話，把嚥下去的冬粉，從鼻子裡噴出來。〔註127〕

此則故事沒有佛經中敘述前生今世因緣的段落，也沒有宣揚佛教教義的說明，而是將聾子的故事補述在盲人摸象故事之後，以「關於殘廢者的認識錯誤」聯繫起兩個故事的關係。而後段故事也說聾子僅看到狗的嘴巴在動，聽不到聲音，就自以爲牠是在打哈欠，所以引起旁人的笑話。因此他們所以可笑的因素不在盲人和瞎子本身，而在他們侷限自我的觀點，造成偏頗認知的錯誤。

　　此外，在越南也有這樣的故事，講述的是〈卜師看象〉，內容大致是：越南古時候的卜師大多是盲人，一次五位卜師在路上遇到一隻象，他們想了解大象到底長什麼形狀，就去摸象，這五個人分別摸到鼻子、象牙、象腳、尾巴、耳朵，結果摸到鼻子的卜師說：大象像螞蟥。摸到象牙的說：像尖頭擔子。摸到腳的說：像房柱。摸到尾巴的說：像掃帚。摸到耳朵的說：像扇子。五位卜師都認爲自己才是對的，就吵了起來。故事之後，編者作有按語，言：

〔註127〕《臺灣民間故事》（同註91），第8集，頁38～41。

「卜師看象」成爲越南成語，用來譏諷不聽人言，固執己見的人。
〔註128〕
故事直接闡述盲眼人認知的偏差，並用以譏諷固執己見不聽人言的人，這個寓意和佛經故事宣揚佛教正道的用意是有所不同的。

　　從以上所述「瞎子摸象」的故事，可以看出故事傳述過程中的變異性不大，在佛經中如此，在佛經以外的敘述也是如此。只是流傳在佛典之外的故事大多只作「瞎子摸象」情節的敘述，而沒有像佛教典籍那樣對前生今世因緣的比附，和宣揚明慧空智的說明。又這則故事流傳於中國者，以「盲人摸象」的成語爲人所知，用以比喻人片面的看問題，或是只憑著自己的經驗妄作揣測；流傳於越南，則形成「卜師看象」的成語，諷刺固執己見的人。

〔註128〕阮氏靈秀：〈卜師看象〉，收錄於過偉：《越南傳說故事與民俗風情》（廣西：廣西人民出版社，1998 年 3 月），頁 204～205。

第五章 《六度集經》之故事類型及其流傳 (二)

第一節 《六度集經》中之幻想故事類型──「貍貓換太子」

　　《六度集經》卷三〈布施度〉有一則〈國王本生〉的故事，敍述布施引起的一段遭遇，令一個女子出身非凡，後來成爲王妃，生出一百個孩子，又因爲受到其他女子的嫉妒，孩子被用雕刻過的芭蕉換走。其情節近似中國的「貍貓換太子」故事。故事內容大致如下：

> 從前有一個寡婦，幫商人看守田園。有一次主人家耽擱了送飯的時間，已經過了吃飯的時候才要吃飯，正好有一個比丘來乞討，寡婦把所有的食物，和一朵蓮花，都貢獻給他。比丘展現神足之相，腳放出光芒。寡婦心生歡喜，讚嘆道：「眞是神聖啊，希望我以後可以生出一百個像他這樣的孩子！」寡婦死後，靈魂聚集在梵志小便之處，有一隻鹿，舐了梵志的小便就懷孕了。後來生出一個女嬰，由梵志哺育。十餘歲的時候，有一次貪於嬉戲，看顧的火熄滅了，父親很生氣，叫他去找火苗。女子到了人聚集的地方，每走一步，腳所踏之處就長出一朵蓮花。火主讓她繞屋三圈，才給他火苗。這事引起大家的注意，消息傳到國王那裡，國王命令相師看相，知道此女能傳聖嗣，就迎娶回宮。後來女子生了一百個卵，遭到其他后妃

侍妾的嫉妒，事先將芭蕉刻成像鬼的模樣，生產時用頭髮蓋住她的臉，惡露塗在芭蕉上，再給國王看。國王被迷惑而相信了。他們將卵裝進壺中，丟入河裡。這時有天神下來保護這些卵。壺漂流到下游，被下游的國王撿去。國王於是命令一百個婦女孵育壺中的百卵。這一百個卵，生出一百個男子，具有天生的聖智，相貌之美世上少見，又有常人百倍的勇氣，聲音之響，就像獅子吼。國王準備了一百頭白象，讓他們騎乘，而去征伐四周的國家，四境並皆臣服。又征伐到他們的身生之國，人民都非常害怕，國王徵求能退敵之人。夫人說：「大王不要怕，看他們從哪裡攻城，在那裡建一座高觀，我來為國王降敵。」是日，王夫人登觀高聲道：「有三種最大的惡逆之事：第一，不遠離邪惡，而招致災禍；第二，不認識親生父母與親屬，而悖逆不孝；第三，憑藉權勢，殺害親屬，詆毀三尊。這三種忤逆之事，是最大的罪惡。你們張開嘴巴，我讓你們相信我說的這一番話。」夫人抓了她的乳房，天神讓她的乳汁射進了百子的嘴裡。喝了母乳，精誠感應，使百子異口同聲說：「這是我的母親啊！」後來兩國和睦，感情比兄弟還好。這一百個孩子，看透世事之無常，因此遠離塵垢，淨心學道，九十九人都修得正果，一個留下來接替王位。佛說：留下來當王的就是我，父親就是今日的白淨王，母親是舍妙。〔註1〕

神奇女子由鹿所生，足踏地能生蓮花，又因前世的願力，生出一百個卵，這一百個卵，被以芭蕉替換，輾轉由他人所養育，長成後於適當的時機飲了母乳而認出生身父母。故事由一連串奇特不尋常的情節單元所組成，佛教以因緣和合之觀點，將奇特的事件融於前生今世的因果中展現，而於《六度集經》的編排中，用以表現女子行「布施」的菩薩行及其果報。

佛教其他典籍，也有類似的故事。所見有：《大方便佛報恩經》〔註2〕、《雜寶藏經》卷一〈蓮華夫人緣〉〔註3〕與〈鹿女夫人緣〉〔註4〕、《高僧法顯傳》

〔註1〕〈國王本生〉，吳·康僧會：《六度集經》，見《正藏》（台北：新文豐出版公司，民國72年元月），冊3（本緣部上），頁14a～c。

〔註2〕失譯：《大方便佛報恩經》，見《正藏》（同註1），頁138c～140c。

〔註3〕〈蓮華夫人緣〉，元魏·吉迦夜共曇曜譯：《雜寶藏經》，見《正藏》（同註1），冊4（本緣部下），頁451c～452b。

〔註4〕〈鹿女夫人緣〉，同前註，頁452b～453b。

〔註5〕、以及玄奘的《大唐西域記》〔註6〕。《雜寶藏經》的〈蓮華夫人緣〉、〈鹿女夫人緣〉故事與《六度集經》內容最爲接近，但兩篇都沒有說到寡婦供養比丘的前世因緣，而是直接敘述鹿舐仙人尿而生女嬰。此女嫁給國王後，所生五百子、或是千子被大夫人以它物取代，所取代之物則兩篇說法不一：〈蓮華夫人緣〉故事，說是以麵段代替五百卵；〈鹿女夫人緣〉的故事則著墨較多，說鹿女將生時，大夫人以物蒙住鹿女的眼睛，用臭爛馬肺取代鹿女所生的千葉蓮花。在經典的教化意義上，兩篇故事都偏重在宣揚對父母的敬重，如〈鹿女夫人緣〉云：「有二種法能使人疾得天人，至涅盤樂。……一者供養父母，二者供養賢聖。」〔註7〕。《大方便佛報恩經》則是敘述鹿舐仙人尿所生女嬰，還由仙人所養，長成後嫁作王夫人，離去時沒有回頭看望父親，仙人因此懷怨，詛咒她不能如願得到國王善待。後來夫人懷孕生出一朵蓮花，國王很生氣，撤去對夫人的種種待遇。那一朵蓮花，被丟到花園水池邊。後來國王在花園與群臣同樂時，發現這朵散發神奇光芒的蓮花，此花有五百葉，每一葉之下都有一個男童。國王推想，才知道這是夫人所生蓮花，而五百男童則是自己的親生之子。至於《高僧法顯傳》與《大唐西域記》，是將故事附屬在遊歷佛境聖地的地方傳說中表現，敘述時有簡化的趨勢。《高僧法顯傳》用以解釋某佛塔的來歷，故事是：夫人生肉胎，大夫人忌妒而聲稱是不祥之物，將之丟入河中。後來肉胎生千子，千子長大，征伐本國，經飲乳認親，棄置弓仗，二國自此和睦。此地之塔，即是棄置弓仗之處。《大唐西域記》則說某地是千子見父之處，在鹿女生子的關鍵處是：鹿女生蓮花，花有千葉，各坐一子。其他女子罔稱不祥，所以丟於河中。

　　以上故事，有的說是「芭蕉換太子」，有的說是「馬肺換太子」，有的說是生出蓮花、肉胎等物，而被棄置，後來太子都能回到親生父母身邊。在 AT 故事類型中，這一故事被歸在型號 707，原名爲「The Three Golden Sons」，金榮華先生《民間故事類型索引》中譯作「貍貓換太子」。〔註8〕韓國〔註9〕、冰

〔註5〕　東晉・法顯：《高僧法顯傳》，又名《佛國記》，見《正藏》（同註1），冊51（史傳部三），頁 861c～862a。

〔註6〕　唐・玄奘譯，辯機撰：《大唐西域記》，同前註，頁 908c～909a。

〔註7〕　同註4，頁 452b。

〔註8〕　(1) Stith Thompson, *The Types of the Folktale*, Helsinki, Academia Scientiarum Fennica, 1981, pp.242~243. (2) 丁乃通著、鄭建成等譯：《中國民間故事類型索引》（北京：中國民間文藝出版社，1986 年 7 月），頁 230～231。(3) 金榮華：《民間故事類型索引（增訂本）》（台北：中國口傳文學學會，民國 103 年 4

島、愛爾蘭、捷克、德國、法國、西班牙、義大利、奧地利等北歐、東歐國
家，及俄國、土耳其、希臘、中南美洲、美國印地安地區、非洲等地，都見
有這一類型故事的流傳。〔註 10〕在中國，此類型故事除了佛經所見以外，還
因爲包公斷案中的「貍貓換太子」一事，而於戲劇、小說中廣受流傳，成爲
家喻戶曉的故事。如京劇中即有〈貍貓換太子〉〔註 11〕故事的演出。有如此
「貍貓換太子」之具代表性，較西方「三個金兒子」之名更易使人掌握這一
類型故事中「以它物替換初生嬰孩」的重心。

　　〈貍貓換太子〉故事始末，詳見《三俠五義》第一回〈設陰謀臨產換太
子，奮俠義替死救皇娘〉併第十五至十九回〈斬龐昱初試龍頭鍘，遇國母晚
宿天齊廟〉、〈學士懷忠假言認母，夫人盡孝祈露醫睛〉、〈開封府總管參包
相，南清宮太后認狄妃〉、〈奏沉疴仁宗認國母，宣密詔良相審郭槐〉、〈巧取
供單郭槐受戮，明頒詔旨李后還宮〉所組成〔註 12〕，其核心情節是：宋眞宗
的兩個妃子李氏與劉氏同時懷有身孕，眞宗說先生太子者將立爲皇后，李
妃先生太子，劉妃讓太監以撥了皮的貍貓抵換太子，結果李妃被打入冷宮。
而太子被宮女與太監秘密救出，交由八大王收養。劉氏後來生男孩而立爲
王后，此子未長成而病死。眞宗以八大王之子爲嗣，此即李妃所生之子，在
眞宗死後，繼位爲仁宗。李妃後來由包拯協助，與仁宗母子相認，當初貍
貓換子一事，眞相才見分明。此一故事，是借宋眞宗、仁宗時的歷史事件鋪
敘而成。最初史實是李氏爲劉后的侍女，成了眞宗的妃子而生太子，此子
爲劉后所養，李妃則被貶。仁宗即位，一直不知道自己是李妃所生，到劉后
死後，才知眞相。在元雜劇的改編中，多了八大王養被棄太子的情節，過
程是劉后讓宮女騙出太子並且予以殺害，宮女不忍，將太子轉交太監，送至
八大王處。此時還沒有出現換太子的敘述。到了明代的故事是，李氏生男，

月），頁 478～480。（4）Hans-Jörg Uther, *The Types of International Folktales*
(FFC284-286), Helsinki, Academia Scientiarum Fennica, 2004, Vol.1, pp. 381~
383.

〔註 9〕　金榮華：〈鹿足母子〉，收入金榮華：《民間故事論集》（台北：三民書局，民
　　　　　國 86 年 6 月），頁 241～250。

〔註10〕　同註 8 之(1)。

〔註11〕　曾白融主編：《京劇劇目辭典》（北京：中國戲劇出版社，1989 年），頁 604～
　　　　　605。

〔註12〕　清・石玉崑：《三俠五義》（台北：桂冠圖書公司，民國 82 年 8 月），頁 1～10、
　　　　　114～148。

劉氏生女，劉氏以女換李氏之男，李氏一時氣悶，失手害死女孩，因而受罪。故事最後由包公審理此案，李妃恢復地位。到了清代，故事「以子易子」的情節，才又變成「以狸貓易子」。〔註13〕在民國初年，劉萬章收編的《廣州民間故事》有則〈虎媽媽〉的故事，也用了「狸貓易子」的情節：有一隻母老虎養了山中的女棄嬰，女子長大嫁給官員當九姨太，女子後來懷孕生產，官員不在，八個太太想盡辦法害她，將她的眼睛矇住、耳朵塞起來，抓來一隻剃了毛的貓替換其所生之子。婢女抱走小孩，悄悄送到隔壁教書先生家。小孩長大後，母老虎托夢告訴她的外孫，並由婢女指證，才和親娘相認。〔註14〕

這一類型的故事，除了〈狸貓換太子〉的內容之外，最常見的敘述型態是說王妃生下三個小孩，被女僕或是姊妹丟入水裡，換成小狗或小貓，王妃因此被關。小孩後來由漁夫救起收養。小孩長大後，因一隻神鳥的幫助，找回了親生父親。神鳥的出現，有的說是小孩知道自己的身世以後，要去找父親，卻一個一個失蹤，由最小的妹妹去找失蹤的哥哥，而得到神鳥幫助。有的是說當初害他們的人又發現他們未死，用有毒的點心要害死他們，他們不知有毒，留著給養父吃，養父中毒，或是哥哥吃了中毒，因此尋找神鳥來救命。此種說法的故事見於：西藏的〈白板哈松〉〔註15〕、〈敏笛林神鳥〉〔註16〕、《格林童話》第九十六則〈三隻小鳥〉〔註17〕、《天方夜譚》〈會說話的鳥和會唱歌的樹與金色的水〉〔註18〕。

另外，還有一些比較特殊的其他情節發展。俄羅斯的故事是以普通的小孩換走具有異相的小孩，他們的異相是「前額有太陽，腦後有月亮，兩側群

〔註13〕 詳見胡適〈三俠五義序〉，收錄胡適：《胡適文存》（台北：遠東圖書公司，民國42年）第三集卷五，頁448～460。又見（美）詹姆森著，田小航、閻苹譯：《一個外國人眼中的中國民俗》（上海：上海文藝出版社，1995年11月），頁76～88。

〔註14〕 劉萬章：〈虎媽媽〉，見劉萬章：《廣州民間故事》（台北：東方文化書局，民國77年），頁20～23。

〔註15〕 宋哲編：《西藏民間故事》（台北：東方文化書局，民國70年），頁192～199。

〔註16〕 廖東凡整理：《西藏民間故事》（西藏：西藏人民出版社，1985年3月），頁152～156。

〔註17〕 〈三隻小鳥〉，（德）格林兄弟著，舒雨、唐倫億譯：《格林童話全集》（台北：小知堂，民國90年3月），冊2，頁180～185。

〔註18〕 柯特·維京等編，吳憶帆譯：《天方夜譚》（台北：志文出版社，民國90年4月），頁291～354。

星璀璨」。王妃最後被扎瞎眼睛，與換來的普通小孩一同被關入木桶中放逐。然而這個小孩一點也不普通，一小時一小時的長大，說的話都能成真，所以木桶裂開，母親眼睛能再看得見，她的兒子也回到她身邊。國王後來是聽到一個乞丐講述的奇聞，才認回他們母子。〔註 19〕

又有的是混合著小孩變形的情節爲敘述。故事通常是大老婆、二老婆趁丈夫不在，陷害生產的小老婆，她們蒙住小老婆的眼睛和耳朵，騙她生出來的是肉瘤或是狗，這個小孩後來被牛吃了，牛又生下小牛，與主人相處得很好，大老婆、二老婆又想害牠，被主人放走，或神仙救走，最後小牛變成人形與父母相認。有的故事說是小孩被害，變成火球，見到父親後變成石頭，小孩才從石頭裡出來；又或是變成青蛙，再變成牛，最後牛脫下牛皮變回人。也有小孩躲在母豬肚子裡，母豬被殺躲黃牛，再躲水牛，水牛上山吃草時，小孩從肚子裡出來乞討食物，才被人家發現。這類說法見於：吉林朝鮮族的〈金牛犢〉〔註 20〕，江蘇的〈小花牛〉〔註 21〕，雲南佤族的〈巨人與神龍〉〔註 22〕，景頗族的〈牛娃找水〉〔註 23〕，內蒙古達斡爾族的〈金背銀胸的孩子〉〔註 24〕、〈哲爾迪莫日根〉〔註 25〕，鄂溫克族的〈善與惡〉〔註 26〕，及鄂倫春族的〈獵人和心愛的妻子〉〔註 27〕、〈水泡裡的孩子〉〔註 28〕等紀錄。

〔註 19〕陳馥編譯：《俄羅斯民間故事選》（瀋陽：遼寧教育出版社，2001 年 2 月），頁 152～155。

〔註 20〕陳熙准講述：〈金牛犢〉，見中華民族故事大系編委會：《中華民族故事大系》（上海：上海文藝出版社，1995 年 12 月），冊 4，頁 159～162。

〔註 21〕孫佳訓：〈小花牛〉，見林蘭：《雲中的母親》（台北：東方文化書局，民國 60 年秋季），頁 14～20。

〔註 22〕依翔講述：〈巨人和神龍〉，見《中華民族故事大系》（同註 20），冊 7，頁 715～729。

〔註 23〕何峨搜集整理：〈牛娃找水〉，見《中華民族故事大系》（同註 20），冊 10，頁 291～292。

〔註 24〕呼思樂、烏蘭巴圖、趙永銑整理：〈金背銀胸的孩子〉，《民間文學》總第 81 期（北京：人民文學出版社，1961 年 12 月），頁 52～56。

〔註 25〕呼思樂、孟志東、趙永銑整理：〈哲爾迪莫日根〉，見《中華民族故事大系》（同註 20），冊 11，頁 73～78。

〔註 26〕順格布講述：〈善與惡〉，見《中華民族故事大系》（同註 20），冊 14，頁 913～917。

〔註 27〕莫寶鳳講述：〈獵人和心愛的妻子〉，見《中華民族故事大系》（同註 20），冊 15，頁 853～858。

〔註 28〕孟廷杰、敖長福講述：〈水泡裡的孩子〉，書同前註，頁 885～888。

德宏傣族的〈伏魔王子〉〔註 29〕與〈帕罕〉〔註 30〕的故事，則有較大的篇幅是在敘述孩子與父親相認的經過。故事中王后生的孩子被其他妃子以小狗換走，王后帶著小狗被趕出宮，她所生的太子則由仙人收養。小孩長大後仙人告訴他事情的經過，讓他回到母親身邊。他在一次進城遊玩時遇到了其他妃子所生的孩子，也就是他的兄弟，和他們結為朋友。那些妃子的小孩後來被派去除妖，他們就請王后的孩子幫忙完成任務。又一次，這個孩子去拯救被魔王抓走的祖母，祖母才知道那是她的親孫子，這時他的兄弟將他打成重傷，不讓他跟祖母回宮。祖母回去，讓國王舉辦趕集大會，命令同一年齡的青年都要參加，因此得以與親人相認。

綜合以上不同發展的故事敘述，類型 707 的基本型態是：初生的小孩被他母親的姊妹，或是父親的其他妻子換走或丟棄，他的母親因此遭受迫害或冷落，小孩長大，經由各種不同的方式，輾轉得以回到父母身邊，而害人的人，終能得到懲罰。故事敘述時，通常在以下幾個情節描述之處，會有不同程度的加強，有的故事著重敘述被換走的小孩的不尋常，所以有「前額有太陽，腦後有月亮，兩側群星璀璨」的描述；在中國，他可能是王位的繼承人，因而遭受迫害；佛經中，這些不尋常的孩子經常是人生卵，再由卵化生，而且他們化生時幾乎都是附在蓮葉之中，同時孩子的數量也不尋常，或是千子、或是五百子、或是百子等。有的對所換之物，有較細膩的描述，一般都是小狗、小貓；而《雜寶藏經・鹿女夫人緣》用的是臭爛馬肺，比較接近未成人型的穢物；《三俠五義》的剝皮貍貓，則與初生小兒皮膚皺摺的醜模樣較能類同。有的著重描寫被棄小孩的遭遇，如小孩變形的描述。有的則是著重描寫如何認回親生父母，因此有神鳥幫助的情節；有時候來幫助者是包公那樣的公正人士。也有融入地方民情為敘述的，如安排飲乳認親，令離散的母子相認，這一飲乳認親的情節，在印度流傳的故事之中，最為常見〔註 31〕。這些都成了故事最吸引人的情節所在。

佛經流傳的這一類型故事變化有限，主要是在「當作初生嬰孩的其他替身」這一情節裡有些情節單元素的差異，《六度集經》說替身是刻成鬼形狀的

〔註 29〕吳高義整理：〈伏魔王子〉，見趙洪順編：《德宏傣族民間故事》（雲南：德宏民族出版社，1993 年 2 月），頁 108～115。

〔註 30〕晃相口述、郭自康整理：〈帕罕〉，書同前註，頁 309～313。

〔註 31〕吳海勇：《中古漢譯佛經敘事文學研究》（復旦大學中文系博士學位論文，高雄：佛光山文教基金會，民國 91 年 3 月），頁 108～112。

芭蕉；《雜寶藏經》的〈蓮華夫人緣〉是麵段，〈鹿女夫人緣〉是臭爛馬肺；《大方便佛報恩經》則未提到替代物，而是說夫人生出者即是蓮花，所以被誣為不詳，直接丟棄。至於一般所流傳的故事，敘述各有偏重，或是表現孩子的神奇，或是表現協助者的神奇等，因此故事組成的型態多有變異。由於故事有神奇的、幻想的、超自然的情節發展，這一類的故事類型是編屬在「幻想故事」類之中。不過中國的〈狸貓換太子〉故事，卻比較接近於「生活故事」的型態，這是因為故事借用了歷史的人物與背景為鋪陳，讓它神奇部分的角色或情節，多被合於常理的人情事故所取代。又佛經的敘述，通常都把故事對應到某一種事理上，如《六度集經》說「菩薩慈惠度無極行布施」，《雜寶藏經》則在強調人們對父母應該敬重。後來有的則成了解釋佛教聖跡的傳說故事。

第二節　《六度集經》中之生活故事類型

一、「送信人福大命大」

　　《六度集經》卷五〈忍辱度〉有一則〈童子本生〉的故事，敘述養父多次想陷害養子，結果養子都能全身而退，對於養父也從來不懷怨恨之意，依然為他養老送終。故事的內容大致如下：

> 從前菩薩生在貧窮的家庭，家裡養不起他，趁夜深人靜的時候，把他送到街道路口的地方。那一天正好是吉祥的日子，梵志說：「凡是今天出生的孩子，既尊貴又賢能。」有一個財主，沒有子嗣，聽了梵志的話很高興，讓人四處尋找被棄養的孩子。路人說：「有一個寡婦抱走了。」於是他就用財寶跟寡婦換來孩子。養了幾個月，財主的妻子懷孕了，他想：我沒有孩子才養這個小孩，上天已賜給我後嗣，就不需要養他了。於是財主在夜裡把他丟在洞坑中。白天，家裡的羊卻來餵他喝奶，被牧羊人發現，抱了回去。財主知道後，深覺後悔，再養此子。不久，夫人產子，財主又起惡念，把養子放在車道上。此兒心存佛、法、僧三寶，慈心對待他的雙親。有商人車隊路過此處，牛都停止不前。商人下車查看發現小兒，就抱走他送給寡婦撫養。財主又聽到消息，後悔自己的殘忍，再把小孩買回來，平等對待這兩個孩子。過了幾年，商人看養子聰慧過人，擔心自己

的親生兒子受他擺佈，所以將他帶入山中，丟棄竹叢裡，要讓他餓死。小兒自己逃出竹叢，遇到砍柴的人，把他帶回去養。原來的養父知道了，又像以前一樣後悔，再度花錢買回他。養父讓人來教他書數、天文、占卜之術，皆能過目不忘。他本性仁孝，說話有道理，國人都稱讚他，學士也喜歡來找他。養父凶惡的念頭又再生起，而且變本加厲，叫養子送信去給遠方的鐵匠，信的內容寫道：從前抱養了這個小孩，結果招致不斷的災禍，瘟疫一連發生，讓我花了不少錢，養的牲畜死傷慘重。這小孩一來，你就把他丟到火爐裡。養子奉命送信，路上遇到弟弟，正在和人家玩遊戲。弟弟屢次不贏，看見哥哥來很高興，要哥哥幫他，自己則搶了哥哥要送的信，送到鐵匠家。鐵匠受命，燒了送信來的人。而父親在家突然感到焦躁不安，派人來找小弟，卻遇到哥哥，等要去追回小弟，已經來不及了。父親氣結內塞，病成廢疾。又想了歹毒的計謀，叫兒子去謀求生計，讓他送一封信給遠處莊園的人，信中又寫：這小孩一到，趕緊在他腰間綁上石頭，沉到水裡去。養子在半路上，順道去拜訪了一位父親認識的梵志。梵志很高興，請了四鄰的學士儒生、有德之人，設宴款待，高興暢談。大家都累了休息的時候，梵志的女兒看到他的信，偷偷拿來看，結果就改了信的內容：我已經年老，病情日漸嚴重，那位梵志是我的好友，他賢明的女兒可以和我的兒子相匹配。你準備好財寶聘禮，完成這件事。莊園的人得到書信，奉命備禮提親，幫他娶了妻子。財主聽到消息，病情更加沉重。養子夫婦趕回去拜望父親。媳婦跪泣道：「我是你兒子的妻子，我當謹守本分，修禮行孝，祈願父親病好福來，永保壽命。」財主一見，內心怨結而亡。養子哀慕殯送，舉國稱孝。佛說：那小孩就是我，妻子是俱夷，財主是調達。〔註32〕

經文裡，沒有小孩的財主因預言領養了棄子，後來自己有了小孩，就想將養子拋棄，在接二連三棄養孩子時，卻都後悔，再花錢領回養子。可是最後的幾次，則用盡險招，非致養子於死地不可。故事連續安排養父害子的過程，以養父遺棄、謀害之行為，突顯養子「忍辱」的精神，這是〈童子本生〉故事符合「六度」用意的主要所在。

〔註32〕〈童子本生〉，書同註1，頁25c～26c。

本經敘述孩子脫離險境的方式，不見重複，使讀者讀之，屢見新意：第一次孩子在坑中，有羊自動餵小孩子喝奶，所以讓人發現小孩。第二次孩子在車道中，牛車經過，在孩子面前停下，沒有傷害到孩子。第三次孩子在深山竹林裡，他自己脫離竹叢荊棘，在水邊遇到砍柴人而得救。第四次、第五次都是孩子為養父送謀害自己的信，一次由弟弟搶走信件，代哥哥送往，結果是替哥哥送了命；一次是信件讓別人改成了對養子有利的內容。故事中養父第四、五次害子的情節，就是 AT 分類型號 930，名稱為「送信人福大命大」〔註33〕的類型。

AT930 型的故事，在立陶宛、瑞典、冰島、西班牙、希臘、土耳其、俄國、巴西等國都有流傳。最常見的說法是：一個窮苦人家的孩子出生時，有人預言他將來會成為國王的女婿。於是國王騙來小孩，將他裝在箱子裡丟入河中。小孩被下游的人家撿去，撫養長大。國王在一次出巡時，發現這個當初被他丟掉的孩子，就要他幫忙送信去給王后，其實信的內容是要王后殺掉這個送信的人。結果在路上信件被人更改成要王后將女兒嫁給他。國王回來看到人未死，就命令屬下把此人丟到火爐中。結果被丟在火爐裡的，是國王唯一的兒子。有的說法在這個故事的後面接續了 AT461 型「Three Hairs from the Devil's Beard」的故事〔註34〕。（詳下文）

《六度集經·童子本生》要收信人謀害送信人的部份，與上述同型故事的常見說法大致相同。較有差異的，是引起故事的「預言」，〈童子本生〉說有人預言在吉祥日出生的嬰孩有賢貴之相，所以財主抱養了棄嬰。而常見說法則說有人預言一初生嬰孩會成為國王的女婿，國王因此丟棄了他。一養一棄，正好相反。兩種說法的耐人尋味之處，是運用信件作為謀害他人的工具，寄信人讓收信人傷害送信人，送信人卻不自知，但最後終能脫險，甚至還獲得好處。

西藏流傳一則〈有錢人的心腸〉的故事，情節發展與〈童子本生〉頗為相近：一開始有婆羅門於吉祥日預言之事，所以沒有子嗣的商人很高興的收養了貧人之子，並娶了一個寡婦當小老婆，宣稱這是他們的孩子。後來小老婆生了一子，就漸漸對老大不善。另一方面商人的大老婆怕自己地位不保，

〔註33〕（1）書同註 8 之（1），頁 325～326。（2）書同註 8 之（2），頁 307。（3）書同註 8 之（3），頁 704～705。（4）書同註 8 之（4），冊 1，頁 568～569。

〔註34〕 書同註 8 之（1）。型號 461，金榮華《民間故事類型索引》名作「尋寶聘妻」，書同註 8 之（3），頁 348～349。

極力拉攏老大。而這兩個小孩感情極好，老二知道自己的母親想害老大，幾次幫老大脫離險境；老大也一樣看顧著老二，使他不至於受大老婆所害。後來商人借送信一事加害養子，卻害死了親子；二次送信，假造謀逆的信件內容被更改成薦賢。故事最後養子爲國立功，也與親生父母相認；商人一干人等事跡敗露，受國法制裁。〔註35〕相較於〈童子本生〉，〈有錢人的心腸〉裡的人物增加了，敘述也較爲繁複，不過故事主線還是在預言使人收養養子，及其後以信件傷害養子的經過。

　　AT930 型後面接續 AT461 型「尋寶聘妻」的情節發展是：這個窮人家的孩子娶了公主後，國王很生氣，故意要他找來魔王的三根頭髮或是太陽的三根金髮。在尋找途中有人請他代問三件事情：噴泉爲什麼不噴水、果樹爲什麼不結果、擺渡的船夫什麼時候可以休息。而他得到魔王母親或太陽母親的幫助，取得頭髮，也問到問題的答案。最後幫人解決問題，得到寶物，又讓國王去替換了船夫的工作。故事實例可見於：哈薩克族的〈勇敢的阿達〉〔註36〕，雲南彝族的〈淌來兒〉〔註37〕，雲南黎族的〈尋找太陽頭髮的故事〉〔註38〕，景頗族的〈窮孩子和國王〉〔註39〕，浙江宣威的〈淌來兒〉〔註40〕，《格林童話》第二十九則〈魔鬼的三根金髮〉〔註41〕，及斯洛伐克的〈小船工與先知〉〔註42〕。

　　以上 AT930 型故事，目前所見與其它故事相複合的，是 AT930 型之後接續 AT461 型作爲結局，通常是讓害人的人在結局裡受到處罰。至於《六度集

〔註35〕田海燕、雛燕編著：《金玉鳳凰》（上海：少年兒童出版社，1992 年 3 月），頁 219～241。

〔註36〕心靈搜集，羅崗整理：〈勇敢的阿達〉，《民間文學》總第 14 期（北京：人民文學出版社，1956 年 5 月），頁 48～54。

〔註37〕中國作家協會昆明分會編：《雲南各族民間故事選》（北京：人民文學出版社，1963 年 11 月），頁 30～36。又見《中華民族故事大系》（同註 20），冊 3，頁 241～247。

〔註38〕和大光講述：〈尋找太陽頭髮的故事〉，見《中華民族故事大系》（同註 20），冊 7，頁 288～296。

〔註39〕景銳芳、艾佳搜集整理，刀麻果翻譯：〈窮孩子和國王〉，見《中華民族故事大系》（同註 20），冊 10，頁 142～146。

〔註40〕張恩華講述：〈淌來兒〉，宣威文藝聯合會、宣威民務委員會、宣威文化局編：《藍靛花》（貴州：貴州民族出版社，1992 年 7 月），頁 14～22。

〔註41〕〈魔鬼的三根金髮〉，見《格林童話全集》（同註 17），冊 1，頁 197～203。

〔註42〕〈小船工與先知〉，見（斯）達什科娃選編，黃英尚譯：《斯洛伐克民間故事精選》（北京：新華出版社，2001 年元月），頁 215～223。

經・童子本生》是屬於單純的 AT930 型，與之相同的說法，有西藏流傳的〈有錢人的心腸〉。前者出現在佛經中，因此融入佛教宣揚「忍辱」菩薩行的故事敘述目的，並有佛陀自述故事中之某人即今之某人的本生故事基本型態；後者不特別以宗教教化爲目的，因此集中在故事一連串謀害養子的經過，沒有附加說明故事引申意義的目的性。

二、「善用小錢成鉅富」

　　《六度集經》卷三〈布施度〉中的〈理家本生〉，敘述一個貧困的小乞丐，以一隻死老鼠輾轉致富的故事，其內容大致是：

> 從前菩薩是個商人，常常濟助貧人，恩惠遍及眾生，凡是來歸附的，一概給予幫助。有個朋友的兒子，過度揮霍，散盡家財。商人憐惜他，給了一些本錢，並教他做生意的方法。然而此人個性邪佞，信奉妖鬼，又沉溺於享樂，給他的錢，很快就用完了。一連幫助了五次，錢花光了，又回來找商人。當時商人家門外有隻死老鼠，商人訓誡他：「聰明的人可以用這隻死鼠謀求生計，積成家業，給了你千金卻還是這樣窮困。」有一個小乞丐，正要來向商人乞食，聽到商人的教誨，很有感觸，乞得食物後，離開時帶走了這隻死老鼠。後來他又向人乞討到一些調味料，將死鼠烤成鼠乾，賣得兩錢，用這些錢再去賣菜，輾轉多次，從少到多，終成有錢之人。他想：我本來是一個小乞丐，聽到商人教訓的話，才有今日之模樣。於是做了一隻金鼠，其中塞滿奇珍異寶，放置在銀案上，再用寶石點綴，帶去向商人謝恩。商人知道事情的經過，很是高興，將女兒嫁給他，還把住宅產業等都交給他去管理。佛告訴沙門：當時的商人就是他，朋友的不肖子是調達，以死鼠致富的人是槃特比丘。〔註43〕

此則故事編屬在〈布施度〉，本是要表達布施的高行，其具體布施行爲出現在篇中的商人濟助貧人、商人布施財物給朋友之子、商人布施飲食給乞兒等。但是故事除了布施的敘述之外，又描述有乞丐以死鼠致富的經過。

　　這樣一則故事，在其他佛經中，又見存於《漢譯南傳大藏經》的《本生經》第四則〈周羅財官本生譚〉〔註44〕，與《佛本生故事選》的〈小商主本

〔註43〕〈理家本生〉，書同註1，頁 13c～14a。
〔註44〕元亨寺漢譯南傳大藏經編譯委員會：《漢譯南傳大藏經》（高雄：元亨寺妙林

生〉〔註45〕。兩則故事都說一個商人在路上看到一隻死老鼠，就說：聰明的人拿這隻死鼠，可以經營出一番事業。一個窮困的男子，聽到這些話，就拿走老鼠，賣給店家當貓的食物，然後以此作為本錢，買蜜糖製作糖水，再和花匠換花，幾次下來，賣花也得了一些錢。一日狂風大起，宮裡花園掉滿了枯樹枯葉，園丁不知道該如何處理。他就跟園丁要了這些枯枝，然後到兒童玩耍的地方，給兒童一些蜜糖，讓他們來幫他搬枯枝，集中在花園的入口處。這時恰好有燒置陶器的師父在找尋柴火，就賣了這些柴薪，還得到一些陶器陶甕。之後他又在城門口設置一個水甕，供應五百個割草的人飲用，割草的人很感謝他，答應在他需要幫助的時候幫助他。後來他知道有販馬的商人要來，就跟每個割草的人要了一束草，並且要他們在他的草還沒賣出之前先不要賣草。馬販一來，沒有草料餵馬，花了重金買下他的草。又過了幾日，他知道有大商船要入港，就租來豪華馬車，準備一些人手，先去跟船主訂定契約。之後聽到消息趕來的商人，進不得船，看不得貨物，只有花錢向他購買。於是又得到一筆豐厚的財產。故事後來的結果與《六度集經》的〈理家本生〉一樣，原本貧窮之人向商人道謝，商人將自己的女兒嫁給他，還讓他來管理自己的家業。其中〈周羅財官本生譚〉詳盡敘述了佛說此故事的因緣：佛陀教化弟子周羅槃特，使其修成正道。佛說在前世時，周羅槃特亦信從其教誨，獲得大財產。所以引出此故事。這些前世今生因緣對應的敘述在《佛本生故事選》的〈小商主本生〉中已被省去。

佛經中宣揚「布施」的菩薩行，或是解釋佛陀教化弟子的因緣，似乎都不及「死鼠致富」的故事本身來得容易引人注意。這個故事實屬於金榮華先生《民間故事類型索引》編列的型號989，名為「善用小錢成鉅富」的故事類型，其重心是「敘述各種善用小錢以增長財富的情形」〔註46〕。同類型的故事又可見於印度《故事海選》的「商人的故事」〔註47〕，中國浙江的〈一個銅鈿發家〉〔註48〕、〈三個銅錢壓歲包〉〔註49〕的故事，及四川的〈三顆豆子〉

出版社，民國84年7月），冊31，頁167～177。

〔註45〕郭良鋆、黃寶生譯：《佛本生故事選》（北京：人民文學出版社，2001年8月），頁5～7。
〔註46〕書同註8之(3)，頁762。
〔註47〕黃寶生、郭良鋆、蔣忠新譯：《故事海選》（北京：人民文學出版社，2001年8月），頁31～32。
〔註48〕陸登講述：〈一個銅鈿發家〉，見中國民間文學集成編輯委員會：《中國民間故事集成‧浙江卷》（北京：中國ISBN中心出版，1997年9月），頁716～717。

〔註50〕的故事。

「善用小錢增長財富」的情節推進過程，在《六度集經》裡，是將死老鼠燒烤後賣得金錢，再以錢買菜賣菜，累積財富。上述〈周羅財官本生譚〉與〈小商主本生〉則說是死鼠賣給人家餵貓，得錢買蜜糖，以蜜糖水換來花，花再賣錢；又搜集不要的枯枝，賣人當柴燒；同時再以蜜糖水換草料，賣給馬販；再搶先商機，訂下船貨，轉手出售，由此獲得財富。另外印度《故事海選》「商人的故事」的情節推進過程是：以死鼠賣人當貓食，換得豆子，豆子換木頭，木頭轉賣再買豆子換木頭，累積了一些錢，買盡工人三天砍伐的木頭，後來天降暴雨，木頭奇缺，買來的木頭賣得好價錢，所得再開店舖做買賣。中國浙江江山市的〈一個銅鈿發家〉，所說致富過程是：一個銅錢換一盆洗臉水，藉口要帶回去給家人洗，實則轉當給當舖一天，當得的錢買豆子做豆腐，豆腐好賣，得來的錢贖還臉盆，剩餘的再買豆子做豆腐，經營起豆腐的生意，接著買了豬，以豆腐渣餵豬，豬又生小豬。又，浙江的蘭溪市〈三個銅錢壓歲包〉的故事，所說致富過程是：以銅錢買雞蛋，蛋孵雞，雞又生蛋，賣掉一年所得的雞，買小豬，豬長大再賣掉買小水牛。又，四川德昌縣〈三顆豆子〉的故事，是說種下三顆豆子，第一年收得一捧豆子，第二年再種下那一捧豆子，於是收得了很多的豆子。

故事「以微致富」的過程，有的只單純敘述窮人的善用小錢，一步一步累積財富，如《六度集經》的〈理家本生〉故事，〈三個銅錢壓歲包〉與〈三顆豆子〉的故事。有的卻又展現了商人機伶的反應，與洞澈商機的表現，如南傳本生經裡的故事，主角知道枯柴有用，利用小孩子來幫他整理，不需要太大的本錢即可獲利；同時憑藉其交遊的廣闊，事先探知商機，奠下致勝的關鍵。在〈一個銅鈿發家〉的故事中，又有欺騙的手段，騙取別人的銅盆典當，唯這樣的過程對他人並沒有造成太大的不良影響，銅盆在當天就還回原主，還付了租金。

再以故事背景的安排看「善用小錢成鉅富」這一類型的故事。目前所搜羅的故事中，絕大多數都是表現在商人經商的敘述過程中，印度佛本生中的故事、《故事海》的故事、浙江的〈一個銅鈿發家〉的故事，都是以商人的商

〔註49〕王阿英講述：〈三個銅錢壓歲包〉，書同前註，頁752。
〔註50〕虎理聰講述：〈三顆豆子〉，見中國民間文學集成編輯委員會：《中國民間故事集成‧四川卷》（北京：中國 ISBN 中心出版，1998 年 3 月），頁 897～898。

業行為為背景。但是在中國浙江與四川出現的〈三個銅錢壓歲包〉與〈三顆豆子〉的故事，則是以家庭中的婦女為敘述重心，表達其善於理家的過程。

此外，還有部分故事有獨到的特殊之處。就本經此則〈理家本生〉的故事而言，故事描述乞丐以死鼠致富的過程之前，先說明商人朋友的兒子過度揮霍家財，接受他五次的金錢資助，卻依然窮困；然而乞丐單以一隻死鼠，就獲得了財富。還有〈三個銅錢壓歲包〉與〈三顆豆子〉的故事，其內容安排了三個媳婦都有相同條件的資本，結果都只是主角對資本作了最好的利用，其他的人不是用掉、吃掉，就是不見了。故事運用對比的手法，再次突顯以微致富的不簡單，及其由少到多的精采過程。

以上 989 型的故事，各篇敘述的方式與技巧或有變異，但都是講述主角善用小錢，以微致富的經過。較有差別的是，《六度集經》與《漢譯南傳大藏經》的本生故事，將故事包容在佛陀的本生事跡中講述，所以除了「善用小錢成鉅富」的事情之外，另有故事因緣與教化的表達，這是其它故事所未見到的。又《六度集經》此則〈理家本生〉故事增長財富的過程，相較於其它篇章，描述有較簡化的趨勢，原文言：「還取鼠去，循彼妙教，具乞諸味，調和炙之，賣得兩錢，轉以販菜，致有百餘。以微致著，遂成富姓。」這不像其它故事一再表達以某物轉得某物的經過，如《故事海》是「死鼠換豆子，豆子換木頭，賣了木頭再買豆子，再以豆子換木頭」，而只是在賣鼠販菜後，言其「以微致著」。這可能也是編著者著重表達「布施」菩薩行，及其後報恩等奉行佛教教化的行為，因此對於乞兒以微致富的經過是點到為止，並不特別看重。

第六章　結　論

　　本文行文至此，討論了《六度集經》的文獻問題，並且從傳統佛經故事「本生」、「佛傳」、「因緣」的分類法，以及民間文學情節單元和故事類型的角度，對《六度集經》所收故事的一般特徵及其與一般民間故事的異同作了重點式的討論。以下將本文的重要結論作摘要撮述，並對正文所未及舉證討論之處，作補充說明。

第一節　《六度集經》之篇章與卷次

　　《六度集經》的卷次，歷來所見有七卷、八卷、九卷三種不同說法，九卷本說是保留於佛經目錄中的記載，實際所見的藏經版本，則有七卷本和八卷本。又各本經文的章數紀錄，少數有篇數不統一的情形，七卷本是九十一章，八卷有九十章、九十一章的不同。

　　依經錄記載，最先有九卷說。目前最早的《六度集經》卷數紀錄是見於梁・僧祐的《出三藏記集》，著錄作「《六度集經》九卷」〔註1〕。僧祐之後，隋唐時期的經錄也常依據僧祐之說，同樣著錄作九卷，如隋・費長房《歷代三寶紀》指明出於「《竺道祖錄》及《三藏記》」〔註2〕。《竺道祖錄》約成書於東晉時期〔註3〕，今已亡佚，則依《歷代三寶紀》所言，此錄記載的《六度

〔註1〕梁・僧祐：《出三藏記集》，見《正藏》（台北：新文豐出版公司，民國72年元月），冊55（目錄部），頁7a。
〔註2〕隋・費長房：《歷代三寶紀》，見《正藏》（同前註），冊49（史傳部一），頁59a。
〔註3〕唐・智昇：《開元釋教錄・卷十・總括群經錄》：「《眾經錄》四卷……東晉盧

集經》也是「九卷」。然而今日所見各本藏經未有九卷本的編排，其它入藏目錄亦不曾著錄九卷本，則《竺道祖錄》與《出三藏記集》的記載也許有誤，遞相傳抄後形成九卷之說，但由於早期佛教文獻傳抄情況複雜，所以也不能排除在《六度集經》流傳之初，曾經存在過九卷本。

其次是八卷本說的流傳。隋·法經《眾經目錄》記載的《六度集經》即是八卷本〔註 4〕。而實存的藏經最早可追溯自《房山石經》本《六度集經》，其所根據的刊刻底本，是大唐開元十八年朝廷頒賜的「大唐新舊譯經四千餘卷」〔註 5〕。之後則有《高麗藏》、宋《磧砂藏》、明《北藏》、《嘉興藏》、清《龍藏》等，以及今日流傳最廣的《正藏》，都是八卷本的卷次。至於八卷本的總章數，歷來有九十章及九十一章的差異，原因在於〈布施度〉的〈佛說四姓經〉，部分大藏經或劃分為〈佛說四姓經〉、〈維藍梵志本生〉兩章，但依其文意，〈維藍章〉實應合併於〈四姓經〉。另外，各本將〈禪度〉卷首的小序也計入章數中，其實它是用以解說〈禪度〉大旨的提要性文字，不屬於本經正文。因此若將〈四姓〉與〈維藍〉合併，將〈禪度〉小序自正文析出，則實有章數為八十九章。

在八卷本流傳時，曾有七卷本流傳的跡象，見宋·惟白集《大藏經綱目指要錄》〔註 6〕，宋·王古撰、元·管主八續集《大藏聖教法寶標目》〔註 7〕的經錄著錄；而實際的篇章編次與經文，見存於《趙城金藏》〔註 8〕中。七卷與八卷最大的差別，在於八卷本的〈布施度〉編列有三卷，而七卷本將之合併為二，其它內容，則大致不差，僅有〈布施度〉六篇的順序互有先後，出現在〈薩和檀王經〉之後，〈孔雀王本生〉之前，八卷本依序編排為〈須大拏經〉、〈和默王本生〉、〈佛說四姓經〉、〈維藍梵志本生〉、〈鹿王本生〉、〈鵠鳥

山東林寺遠公弟子釋道流創撰。未就而卒。同學竺道祖續而成之。」見《正藏》（同註 1），冊 55，頁 573a。

〔註 4〕隋·法經：《眾經目錄·卷六·佛滅度後撰集錄》，見《正藏》（同註 1），冊 55，頁 144a。

〔註 5〕中國佛教圖書文物館：〈《房山石經》（遼金刻經）出版說明〉，見《房山石經（遼金刻經）》（北京：中國佛教圖書文物館，1992 年 4 月），冊 1，頁 1～4。

〔註 6〕宋·惟白集：《大藏經綱目指要錄》，收入於《法寶總目錄》（台北：新文豐出版公司，民國 72 年元月），冊 2，頁 649a～b。

〔註 7〕宋·王古撰，元·管主八續集：《大藏聖教法寶標目》，書同前註，頁 794a。

〔註 8〕《趙城金藏》本《六度集經》收錄於《中華大藏經》（北京：中華書局，1986 年 7 月），漢文部分，冊 18，頁 814～946。

本生〉；而七卷本則編為〈佛說四姓經〉、〈維藍梵志本生〉、〈鵠鳥本生〉、〈須大拏經〉、〈和默王本生〉、〈鹿王本生〉。至於七卷本的總章數，依《金藏》知有九十一章，但與八卷本一樣，可歸併作八十九章。

則《六度集經》的卷次與篇章，九卷本不見存於今，八卷本與七卷本內容大致相同，總章數皆可歸併作八十九章。故本文以流傳最廣的八卷本為主，編排出八卷八十九則的章數與次序。

第二節　《六度集經》故事選材之特色

《六度集經》全文八十九篇，屬於故事者有八十七則，其內容是講述佛陀前世經歷的事跡之本生故事，也有本世修得成佛之前的佛傳故事，並有其後施行教化的因緣故事。三類之中，以本生故事數量最多，佛傳故事的篇數最少。本經即藉由這些故事，表達「六度」菩薩行的修行與教化。這些故事在描述時，常有人或是動物的不尋常行為之表現，有時又有特殊事物與現象的出現，從而吸引閱讀者，或是聽者的注意，達到宣揚與教化的宗教目的。

本論文以故事可以分析成最小敘事單位的原則，提取《六度集經》故事的情節單元，正是將所有八十七則故事所以吸引人的特殊不尋常因素一一點明，這些因素即是組成本經文學性、故事性的基本成分，將之分類整理後，得見本經故事取材的方向與特色：

一、人

《六度集經》的情節單元，「人」一類是出現最多的。其在故事中表現的題材有「人倫」間的不尋常行為，如「養父謀害養子」；有人「言行」的不尋常，如「十三年未言語者開口說話」；有形容人的「異能」，如「具常人百倍氣力」；有不尋常的「肢體器官」，如「斷肢著故處即復原」；也有描述「生」、「死」之不尋常，如「人由鹿生」、「人壽八萬歲」、「死後生天」；也有人能「變形」，如「人變獅子」；其他還有「人與神佛」、「人與動物」等的情節表現。有的時候，故事會利用一些特定的人物，突顯故事情節的特殊性，如由小兒來進行脫誤經文的刪定，如貧人不貪非分之財，如國王能捨身為奴等。這些特定人物的情節單元，以「國王」身分出現的情況占最多數。

二、佛教相關類別

本經情節單元的提取與分類結果，符合《六度集經》爲佛教典籍的背景要件。在本經故事情節單元區分的十大類別中，與佛教相關的有「佛」、「佛教修行與教化」、「佛教器物、法術及其它」，三類的情節單元總數，是僅次於「人」一類的情節單元。在故事敘述時，有爲了表達「佛」的與眾不同，所以以佛異於常人的容貌說明佛的特殊，如「佛笑，口光五色」。也有佛與人之間互有關係的行動，大多是表現佛救度人的神蹟，如「佛化地柔軟，令墜者無傷」。而最具特色的情節是表現在「六度」菩薩道修行的行爲，通常是描述一般人難能做到的特殊行動，這一行動常常會危及行爲者的身家性命，如人或動物的「捨命布施」。除了菩薩行行爲的具體表現之外，接著便是輪迴與因果報應的情節表現，如「前世惡言以對人，今世報應在己身」，此類情節單元爲故事所以發展的原因和後果提出了合理的解釋。此外故事也會述及佛教器物、法術、神通等的情節單元，用在故事中，常表達主角所展現的神奇能力，如「修道者具五通智」等。

三、動物

「動物」類的情節單元，所提到的動物共有二十五種，其中與「龍」相關的情節單元出現最多，其次是「鹿」，再來是「魚」和「獼猴」。動物在情節中的出現，通常是表現動物本身的形象特性，如「六牙象」；最多是表現動物不尋常的行爲，如「龍鳥相戰」、「雀醫虎疾」、「鹿流眼淚」、動物的變形、動物作人語、動物的報恩等。此外，相應於佛經故事的宗教背景，故事裡的動物也常表現信佛之志，如「兔子聽經」、「魚吃素」、「鴿子念佛」；還有動物的菩薩行行爲「獼猴供養修道者」、「魚自躍出水供人食，以救人飢饉」等。

四、神與鬼、魔

故事有「佛」的情節，也有「神」的出現，若以「神」和「佛」單一角色的情節單元爲論，則與「神」相關的情節單元，多於與「佛」相關的情節單元。會有這一現象是由於《六度集經》的故事是「本生」多於「佛傳」與「因緣」，故事敘說本生時，佛是以某一本生的角色出現，這個角色是佛在過去世時的身份，當時他還沒有成佛，因此圍繞在佛的過去世的許多故事，當然就不會有與「佛」相關的情節產生，除非所指是釋迦牟尼成佛之前的其

他佛，然而此種過去世之佛在本經中具體出現的篇章，僅有〈貧人本生〉、〈梵志本生〉、〈佛說蜜蜂王經〉、〈女人求願經〉、〈然燈授決經〉、〈常悲菩薩本生〉與〈儒童受決經〉七則。因此本生中出現有超能力的非人類、非動物類的角色，通常是「神」，偶爾會有「鬼」、「魔」。而「神」在故事中，最常出現在與人相關的行為動作中，如「神考驗人」、「神幫助人」、「神祐人」、「神害人」、「神欺人」等。又，神有時是直接以神的姿態出現，有時則是變形後才出現，所變之形有人、老鷹、鴿子、狼、老虎、獅子、鹿、獼猴等。至於「鬼、魔」，故事中大多是描寫此類善於幻變的行為，包含變出物品，或是自身的變形，如「變出飲食」、「鬼變美人」、「魔變為人」等。

五、其它

「天地水火」、「植物」、「器物用品」三類，是本經情節單元出現數量較少的類別。表現有自然界所少見的特殊現象，如「天雨穀」、「大洪水」；特殊且神奇的植物，如「五面巨樹」、「瓜中生稻米」；以及器物之不尋常，如「衣服發光」、「門開關聲傳四十里」。其中「天地水火」類情節單元之運用，有的時候是為呼應故事人物的行為而營造出來的現象或背景說明，如「雷電劈惡人」；或因「枉傷賢者，天現異象」而「日無明」。而《六度集經》對自然界、植物、器物用品等類情節單元的少用，足見故事描述時是偏重在個人行為、行動的表現。

第三節　《六度集經》故事與民間故事之比較

關於《六度集經》裡的故事，茲分「主題」與「流變」二項作說明。「主題」涉及佛經故事編撰者賦予民間故事特殊意含的現象。「流變」討論佛經故事與民間故事之異同。

一、佛經故事對「意義」之重視

《六度集經》的故事，在其他的佛教典籍，如本緣部或是本生經類、阿含部經典、律部與史傳部典籍中，都常有相似故事出現。這些佛經中的故事，最大的特色，就在於宗教意義的賦予。

敘述時，《六度集經》經常加強描述故事中所可表達的「六度」菩薩行之行為，同時再加上故事中前生角色與今世人物身分的對應說明，有時又兼有

佛教義理的相關解說，如本經卷八〈明度〉的〈阿離念彌經〉，說明了：

> 人命致短，恍惚無常，當棄此身，就於後世。無生不死，焉得久長。
> 是故當絕慳貪之心，布施貧乏，撿情攝欲，無犯諸惡。人之處世，
> 命流甚迅。人命譬若朝草上露，須臾即落，人命如此，焉得久長。
> 人命譬若天雨墮水，泡起即滅，命之流疾，有甚於泡。……人處世
> 間，甚勤苦，多憂念。人命難得，以斯之故。當奉正道，守行經戒，
> 無得毀傷，布施窮乏。人生於世，無不死者。〔註9〕

這是在故事中，穿插教義的敘述。此則故事，敘述某一個國家有棵神奇的五
面巨樹，樹圍五百六十里，樹根四被八百四十里，高四千里，枝葉四布二千
里，每一面的果實，供給不同階層的人和生物食用。故事如此敘述，接下來
似乎應該是要講和這棵神奇大樹相關的事件，然而之後敘述者卻續說阿離念
彌出家以及說法的經過，看不出與「奇樹」有何相關，則此篇之內容，對佛
教義理說明的重視，就勝過對故事是否合於故事性趣味的敘述要求了。

　　在南傳的本生經中，故事是由「序分」、「主分」、「結分」三部分所組
成，「主分」是故事的主體，「序分」與「結分」用以說明主體故事被敘述的
原因，例如講述調達想陷害佛陀（序分），因此說一則主角受陷害的故事（主
分），解釋在前世時調達就有如此陷害的行為，那時被害的主角就是佛陀，
害人的人就是調達（結分）。有時在故事中的細節處，也會插入關於宗教思想
的說明，如《漢譯南傳大藏經》的〈本生經〉七十三則〈真實語本生譚〉，
講述「報恩的動物和忘恩的人」的故事時，解釋動物貢獻恩人的財寶是此動
物前世為人時所埋下的，牠出於對這些錢財的不捨，所以轉生在埋寶之處
〔註10〕。這是「輪迴」觀念的表述。而同樣是南傳本生故事的翻譯之作《佛
本生故事選》，選譯標準在故事文學和比較文學，相較於以宗教為編纂目的的
《漢譯南傳大藏經》，就減省了「序分」與「結分」等非故事主體的解釋性
用語。

　　其它典籍在佛教教義上的說明，如《雜寶藏經》的〈蓮花夫人緣〉、〈鹿
女夫人緣〉故事，講述類似「狸貓換太子」的事情，是用以宣揚對父母敬重
的意義。又如同樣的故事出現在〈高僧法顯傳〉與《大唐西域記》中，則用

〔註9〕 〈阿離念彌經〉，吳・康僧會：《六度集經》，見《正藏》（同註1），冊3（本
　　　　緣部上），頁49b～50b。
〔註10〕 元亨寺漢譯南傳大藏經編譯委員會：《漢譯南傳大藏經》（高雄：元亨寺妙林
　　　　出版社，民國84年7月），冊32，頁76～81。

在紀錄某一特定佛境聖地的傳說故事。

二、故事之流傳與變化

　　佛經中的故事，通常敘述較固定，故事變異性不大，這可能與佛經故事編纂的時代及其已爲經典的背景有關。佛本生故事流傳時代極早，佛教徒早期就常以本生、佛傳、因緣之類的故事宣揚教義。本生故事大約在西元前四世紀即已傳出，其具體存在的實證目前可以追溯到西元前三世紀，季羨林說：

> 在這個時候（引者案：指西元前三世紀）建成的婆嚕提（Rharhut）
> 大塔和桑其（Sanchi）大塔，周圍的石門上都有一些本生故事的浮
> 雕，而且有的竟標出 Jātake 這個專門術語。〔註11〕

引文中，Jātake 即是「本生」。在中國，流傳時期也相當早，《六度集經》成書在三國吳，是漢譯本生典籍的重要代表之作。故事在流傳之初，故事的情節本來就比較精簡，變化也較有限，所以這些故事，可能只是後來發展的同類型故事中的主體情節，是同型故事裡最基本的故事形式。後來佛教徒編入經典加以傳述，出於對經典的敬重，也很少會有大幅度的變更與變異，所以在佛經中，看到的故事大多只見基本的情節，偶有變化者，也只是在於情節單元素的不同，如「狸貓換太子」，佛經中是敘述來歷非凡的婦女生下千、百之子，卻被惡婦掉換遺棄的故事，其中用以替換的「當作初生嬰孩的其他替身」，《六度集經》說是刻成鬼形狀的芭蕉，《雜寶藏經》的〈蓮華夫人緣〉是麵段，〈鹿女夫人緣〉是臭爛馬肺。而《大方便佛報恩經》則說婦人生出蓮花，因此蓮花直接被遺棄，而沒有以它物替換的情節。

　　佛經故事雖然出現較早，但民間流傳有相同的故事，未必就表示民間的故事必然從佛經傳出。有的民間故事可能確實出自佛經，再輾轉流傳各地；但也可能本來民間就普遍流傳著有趣的相同故事，而爲佛教徒所取用。這些記載於非宗教經典中的故事，就有較多的變化現象。以《六度集經》討論的故事所見，故事通常會複合其它故事，成爲較豐富的複合故事，如 AT160 型「報恩的動物忘恩的人」的故事，《六度集經》中出現的第二十四則〈理家本生〉與第四十八則〈摩天羅王經〉兩篇，都是基本的敘述形式：人救了受困的動物和人，之後動物銜物報恩，人卻貪財而陷害恩人，最後再由報恩動物

〔註11〕季羨林：〈關於巴利文《佛本生故事》〉，見《比較文學與民間文學》（北京：
　　　　北京大學出版社，2001 年 6 月），頁 126。

的救助，脫離險境。民間流傳的故事，有的也是基本型的敘述方式，有的便
出現了複合的發展，以所見資料，得有以下六種複合情形：

　　（一）160＋825A

　　（二）160＋301＋825A

　　（三）160＋555D

　　（四）160＋301＋555D

　　（五）160＋400D

　　（六）160＋613

複合的原則，則是以故事中相同或相似的情節特性作聯繫，如 825A 型是敘述
「陸沉的故事」，講述大洪水的發生，所以安排在 160 型故事之前，以說明洪
水的來源，之後才接續 160 型，講述人在洪水中救助動物和人的故事。由於
故事中有施恩救人的和忘恩背義的善與惡兩種人，所以後面可以再接續 301
型「雲中落繡鞋」的故事，因為「雲中落繡鞋」裡也出現了善、惡兩個主要
角色。

　　故事在傳播中的變化，除了表現在故事情節上的差異以外，有些故事還
運用語言辭句的技巧，突顯故事的趣味。這通常直接表現在故事角色的名
稱，或是題名的名稱上。同以「報恩的動物和忘恩的人」為例，故事裡忘恩
的人有的就直接叫做「王恩」，以諧「忘恩」之義，如吉林的〈王恩和石義〉
〔註12〕。山東有一則這個類型的故事，名為〈陸不平和龐人踩〉，其中善良的
人叫做龐人踩，忘恩負義者是陸不平，陸不平的下場是國王下令將他剁成肉
泥，作成上馬石，所以是「路不平，旁人踩」〔註13〕。又，「肝在家裡沒有帶」
的故事之流傳，也有巧用諧音為角色命名的現象。吉林乾安縣的〈吳心和猴
子〉故事，騙取猴心者是一位忘恩負義的叫做「吳心」的人〔註14〕，「吳心」
一名，顯然也可與「無心」諧音見義。

　　另外，有的故事流傳後形成與地方俗諺相結合的現象。上述「路不平，
旁人踩」是一例。同樣的故事流傳在臺灣、福建地區，故事被命名為「救蟲

〔註12〕見中國民間文學集成編輯委員會：《中國民間故事集成・吉林卷》（北京：中
　　　　國文聯出版公司，1992 年 11 月），頁 523～531。

〔註13〕劉守華：〈同舟共濟人與獸——「感恩的動物忘恩的人」故事解析〉，見劉守
　　　　華主編：《中國民間故事類型研究》（武漢：華中師範大學出版社，2002 年 10
　　　　月），頁 161～170。

〔註14〕書同註12，頁 385～387。

不要救人」（臺灣雲林）〔註15〕、「只可救蟲，不可救人」（福建）〔註16〕，以故事中的主角營救了動物與人，卻被人所害，反而得到動物報恩的情節，呼應閩南語一句「救蟲不救人，救蟲蠕蠕趖，救人沒功勞」〔註17〕的俗諺。故事內容與俗諺相附會，也使故事的傳誦，多了傳承生活智慧的價值意義。

　　還有故事是附會爲解釋動物特性的說法，此可見於「肝在家裡沒有帶」的類型，敘述受命騙取猴肝或兔肝的動物在任務失敗後的結局，如吉林金德順講述的〈兔子和烏龜〉故事，最後指出「這時候，烏龜想回龍宮也不敢回去了。因爲，沒有帶回活兔子的肝，龍王是不會饒恕它的。烏龜從此只好留在陸地上生活，只有憋不住的時候才到水裡呆一會兒，可是再也沒能回到龍宮裡去！」〔註18〕上海嘉定的〈烏龜爲啥水陸兩棲〉故事是說：「龜丞相不敢回龍宮見龍王，只好隱藏在陰暗的角落裡，等待龍王身體好點才敢回到海裡。一到龍王發脾氣時，又只得逃到陸上隱居起來。所以直到現在，烏龜還是水裡蹲蹲，陸上藏藏。」〔註19〕又，浙江〈海母隨潮飄〉的故事結局是：「（龍王）撤了海母的丞相職務，罰它永遠不得入宮。……從此以後，海母無家可歸，只得漂泊在海面上，到處流浪。潮水來了，它隨潮漂到海邊；潮水去了，它又隨潮回到大海。」〔註20〕而流傳在日本的故事是說：烏龜騙猴子到龍宮時，海蜇向他洩漏取肝的事。後來猴子騙烏龜載他回到岸上之後，「憤怒地抓起烏龜就向岩石上摔，以致烏龜殼上到現在仍有裂痕。烏龜逃回龍宮，向龍王報告海蜇洩密的事，於是龍王把海蜇處以抽骨之刑。所以，現在的海蜇是沒有骨頭的。」〔註21〕這些敘述指出烏龜水陸兩棲的活動特性，及

〔註15〕胡萬川、陳益源總編輯：《雲林縣閩南語故事集（三）》（雲林：雲林縣文化局，民國90年元月），頁168～181。

〔註16〕中國民間文學集成編輯委員會：《中國民間故事集成·福建卷》（北京：中國ISBN中心，1998年12月），頁574～577。

〔註17〕蠕蠕趖：形容蟲的蠕動。整句意思是指：搭救了蟲，蟲蠕動爬行，好似在向人道謝；但是救了人之後，人卻不一定會記得恩人的功勞。正符應與「感恩的動物和忘恩的人」故事之經過。

〔註18〕見金榮華：《民間故事論集》（台北：三民書局，民國86年6月），頁239。又見於陳慶浩、王秋桂主編：《中國民間故事全集》（台北：遠流出版社，民國78年6月），冊34《吉林民間故事集》，頁441～451。

〔註19〕見嘉定縣民間文學「三套集成」編委會：《中國民間文學集成上海卷嘉定縣故事分卷》（上海：嘉定縣民間文學「三套集成」編委會，1989年8月），頁210。

〔註20〕《中國民間故事全集》（同註18），冊22《浙江民間故事集》，頁422～425。

〔註21〕《民間故事論集》（同註18），頁239～240。

龜殼會有紋路的原因；有的是解釋了海蜇沒有骨頭，或是水母隨潮水漂流的習性。

　　以上是與《六度集經》相似的故事在流播時常見的變異情況。故事會有變異性，顯示故事在民間不以特定說法流傳的特色，故事主體的基本型態不變，但是不影響主要結構的細節之處則可以改變，而且也可以與相近的故事相包容，有的也會與地方風物相融合，而略有變更。同時以不同背景或目的敘述的相同故事，其意義也會有轉變，這使故事在敘述時能引起所屬聽眾的興趣和共鳴，也因此故事不被限制在固定形式中，從而展現故事多變的可能。

參考書目

本書目共分「藏經」、「《六度集經》譯註本」、「佛典」、「民間故事原始資料」、「工具書」、「專著」、「學位論文」、「期刊、報紙」等八類，各類所錄諸書依編著者姓名筆劃數排列。

一、藏經（附《六度集經》所在冊次）

1. 大藏經刊行會編輯：《大正新修大藏經》，台北：新文豐出版公司，民國72年元月。（《六度集經》在第 3 冊）

2. 中國佛教協會編：《房山石經》遼金刻經，北京：中國佛教圖書文物館，1992 年 4 月。（《六度集經》在第 4 冊）

3. 《中華大藏經》編輯局編：《中華大藏經》，北京：中華書局，1986 年 7 月。（《六度集經》在漢文部分第 18 冊）

4. 元亨寺漢譯南傳大藏經編譯委員會：《漢譯南傳大藏經》，高雄：元亨寺妙林出版社，民國 84 年 7 月。

5. 延聖院大藏經局編輯：《宋版磧砂大藏經》，台北：新文豐出版公司，民國 76 年 4 月。（《六度集經》在第 11 冊）

6. 修訂中華大藏經會編：《中華大藏經》，台北：修定中華大藏經會印行，民國 63 年。

7. 高麗大藏經完刊推進委員會：《景印高麗大藏經》，台北：新文豐出版公司，民國 71 年元月。（《六度集經》在第 11 冊）

8. 《新編縮本乾隆大藏經》，台北：新文豐出版公司，民國 80 年 12 月。（《六度集經》在第 32 冊）

9. 《嘉興楞嚴寺方冊藏經》，清康熙十二年嘉興楞嚴寺刊，台北：國家圖書館藏本。

10. 趙樸初名譽主編：《永樂北藏》，北京：線裝書局，2000 年 3 月。(《六度集經》在第 37 冊)

二、《六度集經》譯註本

1. 吳海勇譯釋：《六度集經》，廣東：花城出版社，1998 年 2 月。
2. 梁曉虹釋譯：《六度集經》，台北：佛光出版社，民國 87 年 6 月。
3. 聖開法師：《六度集經白話故事》，加州：人乘佛教世界中心，1989 年 8 月。
4. 蒲正信注：《六度集經》，四川：巴蜀書社，2001 年 6 月。

三、佛典

1. 失譯：《大方便佛報恩經》，《正藏》第三冊。
2. 失譯：《三歸五戒慈心厭離功德經》，《正藏》第一冊。
3. 失譯：《菩薩本行經》，《正藏》第三冊。
4. 後漢‧康孟詳譯：《佛說興起行經》，《正藏》第四冊。
5. 後秦‧佛陀耶舍、竺佛念譯：《長阿含經》，《正藏》第一冊。
6. 姚秦‧竺佛念譯：《菩薩瓔珞經》，《正藏》第十一冊。
7. 北涼‧曇無讖譯：《大般涅槃經》，《正藏》第十二冊。
8. 元魏‧吉迦夜共曇曜譯：《雜寶藏經》，《正藏》第三冊。
9. 吳‧支謙譯：《義足經》，《正藏》第四冊。
10. 吳‧康僧會譯：《六度集經》，《正藏》第三冊。
11. 西晉‧法立、法炬譯：《大樓炭經》，《正藏》第一冊。
12. 西晉‧竺法護譯：《生經》，《正藏》第三冊。
13. 東晉‧法顯記：《高僧法顯傳》，《正藏》第五十一冊。
14. 東晉‧瞿曇僧伽提婆譯：《中阿含經》，《正藏》第一冊。
15. 東晉‧瞿曇僧伽提婆譯：《增壹阿含經》，《正藏》第二冊。
16. 蕭齊‧求那毗地譯：《須達經》，《正藏》第一冊。
17. 梁‧僧祐撰：《出三藏記集》，《正藏》第五十五冊。
18. 梁‧釋慧皎撰：《高僧傳》，《正藏》第五十冊。
19. 隋‧法經撰：《眾經目錄》，《正藏》第五十五冊。
20. 隋‧費長房撰：《歷代三寶紀》，《正藏》第四十九冊。
21. 隋‧達摩笈多譯：《起世因本經》，《正藏》第一冊。
22. 隋‧闍那崛多譯：《佛本行集經》，《正藏》第三冊。
23. 隋‧闍那崛多等譯：《起世經》，《正藏》第一冊。

24. 唐・玄奘譯，辯機撰：《大唐西域記》，《正藏》第五十一冊。

25. 唐・玄逸撰：《大唐開元釋教廣品歷章》，《中華大藏經》第一輯第一百九十九冊。

26. 唐・智昇撰：《開元釋教錄》，《正藏》第五十五冊。

27. 唐・圓照撰：《貞元新定釋教目錄》，《正藏》第五十五冊。

28. 唐・道宣撰：《大唐內典錄》，《正藏》第五十五冊。

29. 唐・道宣撰：《廣弘明集》，《宋磧砂藏》第三十一冊。

30. 唐・義淨譯：《根本說一切有部毘奈耶破僧事》，《正藏》第二十四冊。

31. 宋・王古撰，元・管主八續集：《大藏經綱目指要錄》，《法寶總目錄》第二冊。

32. 宋・法天譯：《長者施報經》，《正藏》第一冊。

33. 宋・惟白集：《大藏經綱目指要錄》，《法寶總目錄》第二冊。

34. 悟醒譯：《漢譯南傳大藏經・本生經》，《漢譯南傳大藏經》第三十一冊至第四十二冊。

四、民間故事原始資料

1. 清・石玉昆：《三俠五義》，台北：桂冠圖書公司，民國82年8月。

2. 上海文藝出版社編：《中國動物故事集》，上海：上海文藝出版社，1978年5月。

3. 中國民間文學集成編輯委員會：《中國民間故事集成・四川卷》，北京：中國ISBN中心，1998年3月。

4. 中國民間文學集成編輯委員會：《中國民間故事集成・吉林卷》，北京：中國文聯出版公司，1992年11月。

5. 中國民間文學集成編輯委員會：《中國民間故事集成・浙江卷》，北京：中國ISBN中心，1997年9月。

6. 中國民間文學集成編輯委員會：《中國民間故事集成・陝西卷》，北京：中國ISBN中心，1996年9月。

7. 中國民間文學集成編輯委員會：《中國民間故事集成・福建卷》，北京：中國ISBN中心，1998年12月。

8. 中國民間文學集成編輯委員會：《中國民間故事集成・遼寧卷》，北京：中國ISBN中心，1994年9月。

9. 中國作家協會昆明分會編：《雲南各族民間故事選》，北京：人民文學出版社，1963年11月。

10. 中華民族故事大系編委會：《中華民族故事大系》，上海：上海文藝出版社，1995年12月。

11. 內蒙古語言文學歷史研究所文學研究室編：《蒙古族民間故事選》，上海：上海文藝出版社，1979 年 5 月。

12. 王以昭主編：《罕本中國通俗小說叢刊》，台北：天一出版社，民國 63 年 9 月。

13. 田海燕、雛燕編著：《金玉鳳凰》，上海：少年兒童出版社，1992 年 3 月。

14. （古希臘）伊索著，羅念生、王煥生、陳洪文、馮文華譯：《伊索寓言》，北京：人民文學出版社，1996 年 6 月。

15. 伊靜軒：《菲律賓的民間故事》，香港：中華國語教育社，民國 42 年 9 月。

16. 朱剛等編：《土族撒拉族民間故事選》，上海：上海文藝出版社，1992 年 9 月。

17. 江肖梅：《臺灣民間故事》，新竹：新竹市政府，民國 89 年 3 月。

18. 江畬經編：《歷代筆記小說選（漢魏六朝)》，台北：臺灣商務印書館，民國 54 年 5 月。

19. 吳瀛濤：《臺灣民俗》，台北：眾文圖書，民國 89 年元月。

20. 宋哲編：《西藏民間故事》，台北：東方文化書局，民國 70 年。

21. 季羨林：《五卷書》，北京：人民文學出版社，2001 年 8 月。

22. 林蘭：《瓜王》，台北：東方文化書局，民國 70 年夏季。

23. 林蘭：《貪嘴的婦人》，台北：東方文化書局，民國 60 年秋季。

24. 林蘭：《雲中的母親》，台北：東方文化書局，民國 60 年秋季。

25. 金榮華：《台灣桃竹苗地區民間故事》，台北：中國口傳文學學會，民國 89 年 11 月。

26. 金榮華：《台灣高屏地區魯凱族民間故事》，台北：中國口傳文學學會，民國 88 年 12 月。

27. 金榮華：《澎湖縣民間故事》，台北：中國口傳文學學會，民國 89 年 10 月。

28. 宣威文藝聯合會、宣威民務委員會、宣威文化局：《藍靛花》，貴州：貴州民族出版社，1992 年 7 月。

29. 柯特・維京等編，吳憶帆譯：《天方夜譚》，台北：志文出版社，民國 90 年 4 月。

30. 洪惠冠總編輯：《臺灣民間趣味故事》，新竹：新竹市政府，民國 89 年 7 月。

31. 胡萬川、陳益源總編輯：《雲林縣閩南語故事集（三)》，雲林：雲林縣文化局，民國 90 年元月。

32. 胡爾查譯：《蒙古族動物故事》，北京：中國民間文藝出版社，1984 年 6 月。

33. （德）格林兄弟著，舒雨、唐倫億譯：《格林童話全集》，台北：小知堂，民國 90 年 3 月。

34. 曹廷偉：《中國民間寓言選》，瀋陽：遼寧少年兒童出版社，1985 年 9 月。

35. 郭良鋆、黃寶生譯：《佛本生故事選》，北京：人民文學出版社，2001 年 8 月。

36. 陳慶浩、王秋桂主編：《中國民間故事全集》，台北：遠流出版社，民國 78 年 6 月。

37. 陳馥編譯：《俄羅斯民間故事選》，瀋陽：遼寧教育出版社，2001 年 2 月。

38. 黃寶生、郭良鋆、蔣忠新譯：《故事海選》，北京：人民文學出版社，2001 年 8 月。

39. 楊浦區民間文學集成編委會：《中國民間文學集成上海卷楊浦區分卷》，浙江：嵊縣供銷社印刷廠印製，1989 年 2 月。

40. 楊照陽等編作：《台中市民間文學采錄集④》，台中：台中市文化局，民國 89 年 12 月。

41. 農冠品、曹廷偉編：《壯族民間故事選》，南寧：廣西人民出版社，1982 年 4 月。

42. （斯）達什科娃選編，黃英尚譯：《斯洛伐克民間故事精選》，北京：新華出版社，2001 年元月。

43. 過偉主編：《越南傳說故事與民俗風情》，廣西：廣西人民出版社，1998 年 3 月。

44. （日）鈴木作太郎著，陳萬春譯：《臺灣蕃人的口述傳說》，台北：中國口傳文學學會，民國 92 年 9 月。

45. 嘉定縣民間文學「三套集成」編委會：《中國民間文學集成上海卷嘉定縣故事分卷》，上海：上海市翔文印刷廠印製，1989 年 8 月。

46. 廖東凡：《西藏民間故事》，西藏：西藏人民出版社，1985 年 3 月。

47. 趙洪順編：《德宏傣族民間故事》，雲南：德宏民族出版社，1993 年 2 月。

48. 劉萬章：《廣州民間故事》，台北：東方文化書局，民國 77 年。

49. 譚燕玲、羅尚武主編：《左江明珠》，廣西：廣西民族出版社，2002 年 7 月。

50. 勐臘縣民委、西雙版納州民委編：《西雙版納傣族民間故事集成》，雲南：雲南人民出版社，1993 年 6 月。

五、工具書

1. 丁乃通著，鄭建成等譯：《中國民間故事類型索引》，北京：中國民間文藝出版社，1986 年 7 月。（2008 年 4 月，華中師範大學出版社重新出版，譯者鄭建成作鄭建威）

2. （日）大正新修大藏經刊行會：《大正新修大藏經索引》，台北：新文豐出版公司，民國 75 年元月。

3. （德）艾柏華著，王燕生、周祖生譯：《中國民間故事類型》，北京：商務印書館，1999 年 2 月。

4. 金榮華：《中國民間故事集成類型索引（一）》，台北：中國口傳文學學會，民國 89 年元月。

5. 金榮華：《中國民間故事集成類型索引（二）》，台北：中國口傳文學學會，民國 91 年 3 月。

6. 金榮華：《六朝志怪小說情節單元分類索引（甲編）》，台北：中國口傳文學學會，民國 96 年 9 月。

7. 金榮華：《六朝志怪小說情節單元分類索引（乙編）》，台北：中國口傳文學學會，民國 97 年 3 月。

8. 金榮華：《民間故事類型索引（增訂本）》，台北：中國口傳文學學會，民國 103 年 4 月。

9. 曾白融主編：《京劇劇目辭典》，北京：中國戲劇出版社，1989 年。

10. Jason, Heda *Types of Indic Oral Tales Supplement*（FFC242），Helsinki, Academia Scientiarum Fennica, 1989.

11. Ting, Nai-Tung *A Type Index of Chinese Folktales*（FFC223），Helsinki, Academia Scientiarum Fennica, 1978.

12. Thompson, Stith and Warren E. Roberts, *Types of Indic Oral Tales*（FFC180），Helsinki, Academia Scientiarum Fennica, 1991.

13. Thompson, Stith *Motif-Index of Folk-Literature*, Bloomington, Indiana University press, 1975.

14. Thompson, Stith *The Types of the Folktale*（FFC184），Helsinki, Academia Scientiarum Fennica, 1981.

15. Uther, Hans-Jörg *The Types of International Folktales*（FFC284-286），Helsinki, Academia Scientiarum Fennica, 2004.

六、專著

1. 宋・朱熹：《四書章句集註》，台北：鵝湖出版社，民國 73 年 9 月。

2. （日）干潟龍祥：《本生經類の思想史的研究》，東京：山喜房佛書林，1978 年 6 月。

3. 印順：《印度佛教思想史》，台北：正聞出版社，民國 77 年 4 月。

4. 印順：《初期大乘佛教之起源與開展》，台北：正聞出版社，民國 75 年 3
月。

5. 印順：《原始佛教聖典之集成》，新竹：正聞出版社，民國 91 年 9 月。

6. 吳汝鈞：《印度佛學的現代詮釋》，台北：文津出版社，民國 84 年 6 月。

7. 依淳：《本生經的起源及其開展》，高雄：佛光出版社，民國 76 年。

8. 季羨林：《比較文學與民間文學》，北京：北京大學出版社，2001 年 6
月。

9. 金榮華：《中國民間故事與故事分類》，台北：中國口傳文學學會，民國
92 年 3 月。

10. 金榮華：《民間故事論集》，台北：三民書局，民國 86 年 6 月。

11. 金榮華：《敦煌學教材之編撰成果報告》，台北：中國文化大學中文系，
民國 87 年 9 月。

12. 胡適：《胡適文存》，台北：遠東圖書公司，民國 42 年。

13. 郁龍餘：《中印文學關係源流》，湖南：湖南文藝出版社，1987 年 2 月。

14. 馬學良、梁庭望、李雲忠主編：《中國少數民族文學比較研究》，北京：
中央民族大學出版社，1997 年 10 月。

15. 梁麗玲：《《雜寶藏經》及其故事研究》，台北：法鼓文化，民國 87 年元
月。

16. 陳援菴：《釋氏疑年錄》，台北：天華出版事業公司，民國 72 年 5 月。

17. （美）斯蒂·湯普森著，鄭海等譯：《世界民間故事分類學》，上海：上
海文藝出版社，1991 年 2 月。

18. 湯用彤：《漢魏兩晉南北朝佛教史》，台北：臺灣商務印書館，民國 87 年
7 月。

19. （美）詹姆森著，田小航、閻苹譯：《一個外國人眼中的中國民俗》，上
海：上海文藝出版社，1995 年 11 月。

20. 劉介民：《從民間文學到比較文學》，廣州：暨南大學出版社，1998 年 6
月。

21. 劉守華：《中國民間故事史》，武漢：湖北教育出版社，1999 年 9 月。

22. 劉守華：《比較故事學》，上海：上海文藝出版社，1995 年 9 月。

23. 劉守華主編：《中國民間故事類型研究》，武漢：華中師範大學出版社，
2002 年 10 月。

24. 鎌田茂雄著，關世謙譯：《中國佛教通史》，高雄：佛光出版社，民國 80
年 12 月。

25. 釋道安：《中國大藏經翻譯刻印史》，台北：中華大典編印會，民國 67 年
10 月。

七、學位論文

1. 吳海勇：《中古漢譯佛經敘事文學研究》，復旦大學中文系博士學位論
文，1999 年。《法藏文庫》碩博士學位論文，中國佛教學術論典 160，高
雄：佛光山文教基金會，民國 91 年 3 月。

2. 李美煌：《六度集研究》，台北：中華佛學研究所論文，民國 81 年元月。

3. 張谷洲：《康僧會《六度集經》思想之研究》，台北：淡江大學中國文學
系碩士論文，民國 88 年 6 月。

4. 梁麗玲：《《賢愚經》及其相關問題研究》，嘉義：中正大學中國文學系博
士論文，民國 90 年 5 月。

5. 劉淑爾：《元雜劇情節單元與故事類型研究》，台北：中國文化大學中文
研究所博士論文，民國 85 年 6 月。

6. 蔡麗雲：《中國民間動物故事類型研究》，台北：中國文化大學中文研究
所碩士論文，民國 86 年 6 月。

八、期刊、報紙

1. 心靈搜集，羅崗整理：〈勇敢的阿達〉，《民間文學》總第 14 期，北京：
人民文學出版社，1956 年 5 月。

2. 李官福：〈朝鮮古典小說《兔子傳》原型故事略考〉，《延邊大學學報》（社
會科學版）第 36 卷第 4 期，吉林：延邊大學，2003 年 12 月。

3. 李昀瑾：〈「狸貓換太子」情節與佛典的關係〉，《東方人文學誌》第 1 卷
第 4 期，台北：文津出版社，民國 91 年 12 月。

4. 李維琦：〈《六度集經》詞語例釋〉，《古漢語研究》1995 年第 1 期（總第
26 期），長沙：湖南師範大學古漢語研究雜誌社，1995 年 3 月。

5. 呼思樂、烏蘭巴圖、趙永銑整理：〈金背銀胸的孩子〉，《民間文學》總第
81 期，北京：人民文學出版社，1961 年 12 月。

6. 金榮華：〈「情節單元」釋義——兼論俄國李福清教授之「母題」說〉，《華
岡文科學報》第 24 期，台北：中國文化大學文學院，民國 90 年 3 月。

7. 姜慕晨搜集：〈寶船〉，《民間文學》總第 30 期，北京：人民文學出版社，
1957 年 9 月。

8. 胡爾查譯：〈癩蛤蟆和猴子〉，《民間文學》總第 25 期，北京：人民文學
出版社，1957 年 4 月。

9. 夏廣興：〈《六度集經》俗語詞例釋〉，《上海師範大學學報》（哲學社會科
學版）第 31 卷第 5 期（總第 112 期），上海：上海師範大學人文學院，

2002 年 9 月。

10. 曹小云：〈《六度集經》中「尋」字的副詞、介詞用法〉，《古漢語研究》2001 年第 2 期（總第 51 期），長沙：湖南師範大學古漢語研究雜誌社，2001 年 6 月。

11. 曹小云：〈《六度集經》詞語札記〉，《語言研究》2001 年第 4 期（總第 45 期），湖北：華中科技大學中國語言研究所，2001 年 11 月。

12. 梁曉虹：〈從語言上判定《舊雜譬喻經》非康僧會所譯〉，《中國語文通訊》第 40 期，香港：香港中文大學中國文化研究所，1996 年 12 月。

13. 陳拓記譯：〈烏龜和猴子〉，《民間文學》總第 49 期，北京：作家出版社，1959 年 5 月。

14. 曾永義：〈「狸貓換太子」的來龍去脈〉，台北：聯合報，民國 87 年 9 月 28 日，第 14 版。

15. 黃素娟：〈《六度集經》詞彙初探——以動賓結構爲主〉，「漢文佛典語言學」國際學術研討會論文，民國 91 年 11 月。

16. 塞西、陳清漳：〈打獵立功〉，《民間文學》總第 56 期，北京：作家出版社，1959 年 12 月。

17. 遇笑容、曹廣順：〈也從語言上看《六度集經》與《舊雜譬喻經》的譯者問題〉，《古漢語研究》1998 年第 2 期（總第 39 期），長沙：湖南師範大學古漢語研究雜誌社，1998 年 6 月。

18. 劉守華：〈從《經律異相》看佛經故事對中國民間故事的滲透〉，《佛學研究》，北京：中國佛教文化研究所，1998 年。

附錄一：《六度集經》故事情節單元
分類索引

類目

索引

一、天地水火

天

天

天作樂 76（參「佛」）

天雨物

天雨花 49

天雨金銀 39（參「意念」）

天雨綵衣 81

天雨穀 81

天雨寶物 81

天現異象

枉傷賢者，天現異象

日月無光、星辰失度、妖怪相屬、枯旱穀貴 43（參「日」、「月」、「星辰」）

天地震動，日暗無明 43（參「日」）

國王爲惡，天現異象

日月無光，星辰失度 53（參「日」、「月」、「星辰」）

天與人

心有所欲，天從其願 39（參「意念」）

賢者居山，天令山中生藥樹木 14

賢者居山，天令泉水水量增加 14

天與佛

天助太子（佛成佛前爲太子時）逾城出家 76（參「佛」）

空中

言於空中（聞聲不見形）6（參「神」）

菩薩（文殊師利）現行虛空中 13（參「菩薩」）

跳躍離地，身處虛空 84（參「足」）

日

日受制不出 80

二、人

人倫

言行

言語

初生嬰孩能言語 9（參「小兒異能」）

意念

　　心存善念，感化毒蛇 9（參「蛇」）

　　心存慈念，脫離海難 32

　　心有所念，神即助之──顯現苑池樹木 37

　　　　　　　　　　　　──變寶衣爲袈裟 37

　　心有所欲，天從其願──天雨金銀 39（參「天雨物」、「天與人」）

　　　　　　　　　　　　──遊歷天宮 39（參「遊歷他界」、「天與人」）

　　　　　　　　　　　　──獲致國土 39（參「天與人」）

　　心念無常，鬼魅消滅 83（參「人與鬼神」、「智慧」）

　　心念無常，得見諸佛 83（參「佛與人」、「智慧」）

　　心起惡念，神蹟斷滅 39（參「國王」）

　　心起意念遊觀四方，金輪飛載隨意往之 85（參「國王」）

　　至誠感通，得見神佛 3、79

自刎

　　國王自刎，使貧者以其首換賞金 11（參「人的布施」、「國王」）

　　船遇風雨，人引刀自刎，令海神厭惡而漂舟上岸 66（參「精進、苦
　　　行」）

品行

　　以德報怨 8（爲傷害自己的人請求免罪）、

　　　　　　10（身遭殺害，戒子不得報仇）

　　信守諾言，赴害己者之處就死 40（參「國王」）

　　貧者不貪非份之財 31、33（參「貧人」、「持戒」）

　　善行──（修道者）救坑中人 48（參「修道者」）

　　　　　（修道者）救坑中蛇 48（參「修道者」）

　　　　　（修道者）救坑中鳥 48（參「修道者」）

　　　　救護受難之鼈 24

　　　　洪水中救人 24

　　　　洪水中救狐 24

　　　　洪水中救蛇 24

　　恩將仇報 24（誣陷恩人盜墓劫金）、46（獼猴救人命，人殺猴爲食）、

奔走間能捉取飛鷹 82

聲音

人聲響亮，若獅子吼 22、82

洪聲退敵 82

聽琴解音 29

小兒異能

七歲小兒刪定脫誤經文 65

小兒甫生，即叉手長跪，口誦佛經 65

小兒聞經即解 65

初生嬰孩能言語 9（參「言語」）

異食

人食牛屎尿 41

食人肉 30（食妻濟命）（參「人倫」）、40

異居

人居水晶城 38

人居琉璃寶城 38

人居銀城 38

人居鐵城 38

隱居墓地 41

道術

術士降龍 49（參「龍」）

詛咒人日出首破 80（參「巧智」）

誦蠱咒令仙女不得飛還天上 81

器官肢體

容貌

人臉反轉向後（因受神的懲罰）5（參「神罰人」）

相貌改變——82（由醜變美）、85（遊歷天界，身變香潔，容顏端正如
天神）

容貌放光 37

貌醜驚妻 82

足

步步生蓮花 22（參「花」）

跳躍離地，身處虛空 84（參「空中」）

斷肢

修道者斷臂能流出乳汁 43（參「修道者」）

斷肢著故處即復原 43

毛孔

毛孔針刺不覺痛 54

乳汁

男子有乳汁 43（參「修道者」）

飲乳識親 22（參「人倫」）

生命

生

人生卵百枚 22

人由鹿生 22（參「鹿」）

卵生人 22

壽命

人壽八萬四千歲 86

人壽八萬歲 15、85

人壽巨億 38

人壽億數 39

死

人死後靈魂附在修道者的小便之處 22

死入地獄 12、21、27、53、57

死後生（昇）天 3、7、11、12、14、15、66、69、81、86、89

死後生天，報盡，再降生為人 14

怨忿致死 44、57

貪寶喪身 34

（靈魂）轉生（參「輪迴」）

父死轉生作子 70

妾死轉生嫡妻子以報仇 70

轉生爲魚 64

轉生爲豬 64

轉生爲獼猴 35

轉生爲鼈 35

靈魂升天爲神 89

靈魂轉生 40、65、71

靈魂轉生爲魚王 3

夢

尋求夢中物──19（孔雀）、57（九色鹿）

夢中聞佛說法 79（參「佛與人」）

夢境成眞──夢見兩乳被割而失去雙子 14

夢境爲眞 10（夢仇人斬其首）、10（夢得仇人原諒）、29（子因僞言脫
眼出，父夢蜂螫愛子目）

變形

人變爲鳥 49

人變爲象 69

人變獅子 69

人變蜜蜂 63

女變爲男 72

變鳥之人再恢復人形 49

遊歷他界

心有所欲，天從其願──遊歷天宮 39（參「意念」）

乘天神車馬遊歷天界 85（參「國王」）

乘天神車馬遊觀地獄 85（參「國王」）

人與鬼神（佛）

賄賂鬼神 67

人與神（參「神與人」）

人神通婚

凡夫娶仙妻 81

人與佛（參「佛與人」）

人與鬼

人以鬼魅為妻 36

心念無常，鬼魅消滅 83（參「意念」、「智慧」）

人與動物

人助猴作戰，奪回猴王之位 45

人乘龜墜崖，神祐而無傷 12（參「神祐人」、「龜」）

人與龍結婚 49（參「龍」）

特定人物

小兒（參「小兒異能」）

修道者

修道者年百二十歲 21

修道者有天眼 43（參「神通」）

修道者有神足 6、43（參「神通」）

修道者具五通智 6、80、81（參「神通」）

修道者定中得菩薩道 36（參「禪定」）

修道者捨身餵虎 4（參「人的布施」）

修道者腳放光芒現神足 22（參「神通」）

修道者斷臂能流出乳汁 43（參「器官肢體」）

修道者變出車子 6（參「法術」）

救坑中人 48（參「品行」）

救坑中蛇 48（參「品行」）

救坑中鳥 48（參「品行」）

禽獸歸附修道者 20、42（參「動物」）

國王

王者出遊驚眾，死入地獄受罪 37（參「罪報」）

以金箔連接已故國王尸首，使再坐殿為王 11

假言信佛有罪，尋找真心信佛之人 26（參「巧智、巧騙」）

國王心有所欲，天從其願 39（參「天與人」、「意念」）

國王心起惡念，神蹟斷滅 39（參「意念」）

國王心起意念遊觀四方，金輪飛載隨意往之 85（參「意念」）

國王布施，舉國得福報 5、7、15、57（參「布施果報」）

國王布施國土 6（參「人的布施」）

國王布施頭顱 5（參「人的布施」）

國王自刎，使貧者以其首換賞金 11（參「自刎」、「人的布施」）

國王戒殺行仁，舉國得福報 56（參「守戒果報」）

國王信守諾言，赴害己者之處就死 40（參「品行」）

國王為惡，致兇鬼作亂 53

國王乘天神車馬遊歷天界 85（參「遊歷他界」）

國王乘天神車馬遊觀地獄 85（參「遊歷他界」）

國王捨身命濟貧者（隨貧者至仇家，使得賞金）10（參「人的布施」）

國王捨身為奴 13（參「人的布施」）

國王棄國出家 48、85

國王割肉餵鷹 2（參「人的布施」）

國王散盡國庫財寶行布施 81（參「人的布施」）

國王隨民所願皆予布施 22（參「人的布施」）

國王讓國 10、11（鄰國入侵，國王讓國）、12（兄歸，弟讓國還兄）、
　　45（舅王入侵，國王讓國）（參「布施國土」）

國立二嫡 53

貧者

貧人以死鼠經商致富 21

貧人在船難中被拋棄，結果是唯一生還之人 32

貧人投海餵魚 3（參「人的布施」）

貧者不貪非份之財 31、33（參「品行」、「持戒」）

貧者供養荼蘼草蓆 16（參「人的布施」）

其它

人舀去海水後，使海水再復原 9

人欲以水瓢舀盡海水 9

以人獻祭 40

以真為夢——補履翁醉後體驗王者生活。既恢復本身，以為所經歷者
　　只是夢境 88

三、鬼、魔

鬼

魔

四、神

神

神沐浴於凡間水池 81

神爲惡入地獄 6

神從天而降 82

神現形人間 42、66、79、85

神福盡受罪，降生爲魚 64

神轉生爲王 85（爲行正法）、89

神與人

人與神

人以舀光海水恐嚇海神歸還寶物 9（參「海神」）

人行布施（善行）驚動天神 1、2、6（參「布施」）

凡夫昇天尋仙妻 81

神與人

神令母乳射入百子之口，欲使離散之母子相認 22

神向人叩頭 1（認錯）、2、23（拜賀人將成佛）

神向人行禮 72（拜賀人將成佛）

神阻人行善 1、2、6

神爲王護衛 85

神教人行善 68

神渡人 70

神與人說話 1、2、9、14、36、43、76、79、81（爲人指路）、82、85

神賜人願望 14

神人通婚（參「人神通婚」）

神的試驗

化爲鹿群食穀苗，試驗布施者之眞誠 57

天神求索布施者之妻，以考驗其誠心 14

變爲追食鴿子的老鷹，欲布施者取身肉代鴿，以試探其誠心 2

神助人

天神化地柔軟，使受虐小兒行之舒適 14

天神助人舀去海水 9

天神爲受虐小兒生甘果 14

神令惡人迷路以救人（惡人賣乞得之小兒，天惑其路，使入小兒本

變形

神變人

神變爲人 6、9、14、70

變爲死人 75

變爲老人 6、75

變爲病人 75

神變動物

變爲昆蟲

變爲毒蟲 53

變爲鳥類

變爲老鷹 2、6

變爲鴿子 2

變爲獸類

變爲白狼 14

變爲老虎 14

變爲鹿 57

變爲獅子 14

變爲獼猴 45、81

神變形後，再變回原貌 2

神藥

孔雀布施神藥治眾生之病 19（參「動物的布施」、「孔雀」）

服天神藥，死而復活 42、66

神藥治病，病癒氣力踰前 2、45

山神

山神感應人之祝禱，發出如雷聲之巨響 14

海神

人以舀光海水恐嚇海神歸還寶物 9（參「人與神」）

海神托夢 32

海神奪人寶珠 9（參「神欺人」）

樹神

樹神現人形 40

樹神與人說話 40

樹神懲罰惡人（搏惡人面頰）5（參「神罰人」）

神與佛

太子（佛成佛前為太子時）向天神說經道 76（參「佛」）

太子（佛成佛前為太子時）逾城出家，天神隨行導引 76（參「佛」）

神向太子（佛成佛前為太子時）行禮 76（參「佛」）

五、佛

菩薩

菩薩（文殊師利）的試驗（乞求布施者為奴，試探布施之真誠）13

菩薩（文殊師利）施法術，使人在瞬息間歷經空間變換 13（參「法術」）

菩薩（文殊師利）現形虛空中 13（參「空中」）

菩薩（文殊師利）變幻假人替代真人 13

菩薩（文殊師利）變為人 13

菩薩定中，修得成佛 77（參「禪定」）

菩薩定中，得宿命通 77（參「禪定」）

佛

成佛前為太子時

天助太子逾城出家——使旁人臥而不覺 76（參「天與佛」）

——使門開關無聲 76（參「天與佛」）

——使馬蹄寂然 76（參「天與佛」）

——使警備之鳥不聞聲響 76（參「天與佛」）

太子向天神說經道 76（參「神與佛」）

太子具天眼通 76（參「神通」）

太子逾城出家，天作樂歌詠 76（參「天」）

太子逾城出家，天神隨行導引 76（參「神與佛」）

神向太子行禮 76（參「神與佛」）

佛

　佛化地柔軟，令墜者無傷 72（參「佛與人」）

　佛以天耳聞人所言 86（參「神通」）

　佛現身說經 79

　佛置人鉢下，視其生死以驗證罪福 53

　佛預言成眞 53（參「預言」）

　佛與人言 79

　佛賜與願望 71

　花散佛身，羅列空中，若種於地之狀 84（參「花」）

相貌

　佛相貌 36（容色紫金，項有日光）、78（身色紫金，相好甚奇）、79
　　（深色紫金，相好絕聖，面若滿月，項有日光）

　佛笑，口光五色 64、85

　佛現光芒 77

　佛現瑞像（身有三十二相，紫磨金色，光明奕奕，過月踰日，相好端
　　正，如樹有華）77

佛與人

佛與人

　心念無常，得見諸佛 83（參「意念」、「智慧」）

　佛化地柔軟，令墜者無傷 72（參「佛」）

　佛在人的夢中說法 79（參「夢」）

　佛與人言 79（參「佛」）

　佛賜與願望 71（參「佛」）

　供養佛七日，答前世濟食七日之恩 25（參「果報」）

　懷佛弟子，產無惡露 65

佛渡人

　佛度化敵軍 53

　佛度惡人 40

佛與神（參「神與佛」）

六、佛教修行與教化

布施（供養）

人的布施

布施身軀

　　人投海餵魚 3（參「貧人」）

　　捨身命濟貧者（隨貧者至仇家，使得賞金）10（參「國王」）

　　捨身爲奴 13（參「國王」）

　　捨身爲婢 13

　　捨身餵虎 4（參「修道者」）

　　割肉餵鷹 2（參「國王」）

布施頭顱

　　布施頭顱 5（參「國王」）

　　國王自刎，使貧者以其首換賞金 11（參「自刎」、「國王」）

布施人

　　布施子女 14

　　布施妻子 14

　　布施美女 16

布施國土

　　太子讓國（王死，讓國而去）12

　　布施國土 6（參「國王」）

　　國王讓國 10、11（鄰國入侵，國王讓國）、12（兄歸，弟讓國還兄）、
　　　　45（舅王入侵，國王讓國）（參「國王」）

布施財寶物品

　　布施田宅 14、15

　　布施衣物 14、15、23、16

　　布施車子 14、16

　　布施車馬 6、12、15

　　布施金鉢銀粟、銀鉢金粟 16

　　布施財寶 1、6、7、12、14、15

　　布施馬 14、16

　　布施象 14、16

持戒

佛法教化

宣揚佛道，逆產者母子俱全 40

聞經悟解佛法 63

聞經得不退轉法輪 63

聞經得神通 63

聞經得無生法忍 13、63

聽佛說法，得菩薩道 40

聽聞偈言，悔過自新 40

輪迴

人死靈魂升天爲神 89（參「轉生」）

人死靈魂轉生 40、65、71（參「轉生」）

人死靈魂轉生爲魚王 3（參「轉生」）

人轉生爲魚 64（參「轉生」）

人轉生爲豬 64（參「轉生」）

人轉生爲獼猴 35（參「轉生」）

人轉生爲鼈 35（參「轉生」）

父死轉生作子 70（參「轉生」）

牛死轉生作飼主之子 70（參「牛」）

妾死轉生嫡妻子以報仇 70（參「轉生」）

魚死轉生爲人 3（參「魚」）

象死轉生爲女子 27（參「象」）

果報

布施果報

布施化民 14、15、81

布施化敵 14

布施得五福——長壽，顏華日好，德勳十方，無病、氣力日增，四境
安穩 15

布施得菩薩道 4

供養修道者，所願皆成眞 22

布施獲報——國王布施，舉國得福報 5、7、15、57（參「國王」）

守戒果報

　　國王戒殺行仁，舉國得福報 56（參「國王」）

　　遵行佛戒，脫離海難 32

果報

　　供養佛七日，答前世濟食七日之恩 25（參「佛與人」）

　　前世受人以指敲頭致死，今世轉生斬其人手指 40

　　前世對人先怒後慈，人轉世對之亦先怒後慈 40

　　前世對待沙門先怒後慈，今世容貌先醜後美 82

罪報

　　王者出遊驚眾，死入地獄受罪 37（參「國王」）

　　忘恩負義得報應（面生癩、口朽臭）57

　　前世允人斬魚首，今世獲首疾之殃 53

　　前世好取非己之物，今世獲罪身處困阨 31

　　前世使人居處深苑，今世承受幽冥之報 52

　　前世使人飢餓，今受飢餓之報 52

　　前世惡言以對人，今世報應在己身 29

　　前世資財買魚，今受亡財之報 53

　　前世嘲笑他人，今受重病之報 52

　　前世獵魚，今逢戰事身亡 53

　　貪不義之財，遭殺身之禍 49

　　蹈母首，受火輪輾首之報 38

福報

　　前世供刀，轉世獲寶 40

　　前世負米供養，轉世獲得勇力 40

　　前世慈心供養沙門，今世生得姣好面貌 82

　　前世禮敬神尊，轉世為王受拜 40

　　前世歡喜供養，轉世身獲端正 40

　　前世讚嘆神尊，轉世獲致為王 40

　　持八關齋，獲居寶城 38

　　宿世行六度，所願無不達 39

　　舉國信佛得福報 8

七、佛教器物、法術及其他

法術

佛施法術，使人掌燈七日不覺疲倦 23

佛施法術，使人頭頂燃燈不受傷害 23

修道者變出車子 6（參「修道者」）

菩薩（文殊師利）施法術，使人在瞬息間歷經空間變換 13（參「菩薩」）

神通

太子（佛成佛前為太子時）具天眼通 76（參「佛」）

佛以天耳聞人所言 86（參「佛」）

修道者有天眼 43（參「修道者」）

修道者有神足 6、43（參「修道者」）

修道者具五通智 6、80、81（參「修道者」）

修道者腳放光芒現神足 22（參「修道者」）

預言

佛預言成真 53（參「佛」）

預言成佛 23、72、84

建築物

佛塔

立柴為刹 84

佛塔自然出現 71

器物

寶物

七寶 39、85、89

七寶飛天 39、85

飛天車馬 85

八、動物

動物

動物連環傷害──蝘蜓自投墜象耳，象驚奔馳踏傷龜 60

蛇具慈悲心 47

蛇報恩

　　恩人受冤入獄，蛇咬傷太子，令恩人取藥治之而得免罪 24、48

蛇稱頌忍辱之德 47（參「忍辱」）

蛇變為龍（龍先變為蛇，再變回龍）47

龜

　　人乘龜墜崖，神祐而無傷 12（參「神祐人」、「人與動物」、「神與動物」）

　　把假裝會淹死的烏龜丟進河裡作為處罰 49

　　烏龜假裝人的使者，與龍言聯姻事 49

　　烏龜預知危險 60

　　龜作人語 49

鼈

　　鼈作人語 24

　　鼈報恩──告知洪水將至 24

魚

　　大魚覆船吞人 32

　　巨魚，身長數里 3

　　巨魚身肉被吃數月，性命猶存 3

　　神魚撞船，使船翻覆 38

　　魚王救眾（魚首倒植泥中，以尾舉網，使魚群得出網羅）59（參「精進、苦行」）

　　魚吃素 59

　　魚自躍出水供人食，以救人飢饉 3（參「動物的布施」）

　　魚信佛 59

　　魚流眼淚 3

　　靈魂轉生為人 3（參「輪迴」）

蟲

　　蜜蜂

　　　　蜜蜂說偈 63

禽鳥

鳥

百鳥悲鳴送別賢者 14

龍鳥相戰 45（參「龍」）

鵠鳥

母鳥（鵠鳥）裂己肉餵子 18

神祐鵠鳥，使所願從心 18（參「神與動物」）

孔雀

孔雀布施神藥 19（參「神藥」、「動物的布施」）

孔雀作人語 19

孔雀娶青雀爲妻 19

孔雀誦呪之水可治病 19

孔雀說佛理 19

身塗蜂蜜，誘捕孔雀 19（參「巧智、巧騙」）

鸚鵡

籠中鸚鵡，節食瘦身，鑽出籠隙脫逃 28（參「持戒」）

鸚鵡王佯死試眾心 61

鸚鵡王乘坐竹莖，鸚鵡眾銜之而飛 61

鸚鵡信佛 28、61

鸚鵡圍繞鸚鵡王而飛 61

鸚鵡說佛戒律 28（參「持戒」）

烏

烏作人語 48

烏報恩——銜明珠贈恩人 48

鹿與烏爲友 57（參「鹿」）

雀

雀醫虎疾 50

雀說經道 50

鷹

鷹作人語 2

牛死轉生作飼主之子 70（參「輪迴」）

羊

羊餵哺棄嬰 44

兔子

兔子作人語 20

兔子供養修道者 20（參「動物的布施」）

兔子捨身供養道士 20（參「動物的布施」）

兔子聽經 20

獅

獅象聯合鬥惡龍 69（參「象」、「龍」）

動物與人（參「人與動物」）

九、植物

稻

稻變爲瓜 3

花

步步生蓮花 22（參「足」）

花散佛身，羅列空中，若種於地之狀 84（參「佛」）

樹

五面巨樹 86

巨大樹果，如二斗瓶 86

刻芭蕉假爲初生兒 22

樹木屈伸，送別賢者 14

樹伸低數枝，爲賢者遮日 75

果

甘果，惡人食之，味變苦辛 14

瓜

瓜中生稻米 3

十、用品、器物

門

床

衣

書信

明珠

指環

附錄二：《六度集經》故事類型索引

說明：

一、 《六度集經》故事類型索引之編排方式，參照金榮華先生《澎湖縣民間故事》（台北，2000）、《臺灣桃竹苗地區民間故事》（台北，2000）等書故事類型索引之編列方式編排：先列型號，次列類型名稱，末列本經所在篇次。其中本經所在篇次之號碼，依本論文新定八十九章序號，詳本文第二章第二節〈六度集經章卷編排對照表・本文新擬八十九章〉（在頁20～23）。

二、 型號訂定參考下列書籍：（一）Stith Thompson, *The Types of the Folktale*, Helsinki, Academia Scientiarum Fennica, 1981.（二）丁乃通《中國民間故事類型索引》（北京，1986）。（三）金榮華先生《民間故事類型索引（增訂本）》（台北，2014）。

《六度集經》故事類型索引：

76	（狼和鶴）50	
91	（肝在家裡沒有帶）35	
160	（動物感恩人負義）24、48	
707	（狸貓換太子）22	
930	（送信人福大命大）44	
989	（善用小錢成鉅富）21	
1310	（處死烏龜投於水）49	
1317	（瞎子摸象）87